Hybris

MARK GOLD

Hybris

Von der Konsequenz eines umgefallenen Fahrrads

Bibliografische Information der Deutschen Nationalbibliothek:
Die Deutsche Nationalbibliothek verzeichnet diese Publikation
in der Deutschen Nationalbibliografie; detaillierte bibliografische
Daten sind im Internet über https://portal.dnb.de/ abrufbar.

Satz, Umschlaggestaltung, Herstellung und Verlag:
BoD – Books on Demand, Norderstedt

ISBN: 978-3-7519-2907-3

HYBRIS – [griech.] (f.; –; unz.) Übermut, Selbstüberschätzung; die Annahme des freien Willens

Manche Menschen behaupten, man solle auf Redewendungen nicht allzu viel geben. Andere wiederum sind voll davon und pflastern ihre Umgebung damit. Manche Redewendungen sind durchaus weise. Andere kann man getrost als Auswuchs bezeichnen. Sicher ist nur, dass man sich nie sicher sein kann.

So gibt es in manch süddeutschen Landen eine Redewendung, mit der man ausdrücken möchte, man sei von etwas nicht berührt. Es sei einem egal. Es gehe einem so was von am Arsch vorbei.

Es ist einem »… so egal, wie wenn in China ein Fahrrad umfällt«.

Dieser Vergleich ist auch durchaus verständlich. Das Land liegt auf der anderen Seite des Planeten und der gelernte Europäer geht von der Annahme aus, dass es in China wohl mehr als genug Fahrräder gibt.

Aber kann es der Menschheit wirklich egal sein, wenn in China ein Fahrrad umfällt?

Die Tatsache an sich ist geringfügig, zugegeben, aber bedenkt man da auch die Konsequenzen, die sich daraus ergeben?

Der Morgen begann so, wie schon viel zu viele vor ihm. Und so, wie ihm wohl noch viele folgen sollten. Hun Ju hatte verschlafen. Während er sich halb blind zu dem Waschbecken tastete, überlegte er, wie das nur möglich war. Er war früh wie nie zu Bett gegangen. Das Kind seiner Cousine war ausnahmsweise friedlich gewesen und auch der tägliche Streit der Nachbarn über ihnen war bald verklungen. Natürlich lebte eine Unzahl von Menschen dicht gedrängt in dem alten Wohnblock mit den wackeligen Türen und den dünnen Wänden. Unvermeidlich drang jedes Geräusch des Hauses zu ihm. Aber er hörte es nicht mehr. Er kannte nichts anderes. Manchmal, da überkam ihn sogar das Gefühl, noch niemals etwas anderes gekannt zu haben. Er war genau hier geboren worden, aufgestanden, hatte sich das Gesicht gewaschen und war mit knurrendem Magen in die Fabrik gefahren. Hun Ju konnte sich an kein anderes Leben mehr erinnern. Wortlos ging ihm seine Cousine aus dem Weg. Zu genau wusste sie, dass man ihn am Morgen besser in Ruhe ließ. Kurze Zeit blieb ihr später allein mit dem Kleinen, dann würde ihr Mann von der Nachtschicht nach Hause kommen, schnell etwas essen und dann todmüde ins Bett fallen. Einer ging, einer kam. Sie lebten gar nicht so schlecht. So hatten sie mehr Raum in den zwei winzigen Räumen, die sie Wohnung nannten, und die Zulage für den Nachtdienst war auch nicht zu verachten. Genau genommen war diese Zulage schon mehr, als der Mann ihrer Freundin verdiente. Sie würde wieder einmal bei dieser Freundin vorbeisehen und bei der Gelegenheit Essen mitbringen. Und behaupten, es wären Reste, die bei ihnen nicht mehr gegessen würden. Das war eine Lüge und ihre Freundin wusste es, aber sie sprachen nicht darüber. Weit mehr sprachen sie über Kinder, denn ihre Freundin wünschte sich nichts sehnlicher. Schon zwei Mal hatte sie eines verloren. Nicht zufällig und mit blutendem Herzen, aber wie hätten sie bei dem Einkommen ihres Mannes auch noch ein Kind ernähren sollen?

Hun Ju tapste mit halb geschlossenen Augen in Richtung Tür, grunzte etwas, als sie ihm das kleine Paket aus Alufolie in die Hand drückte, und war draußen auf dem muffigen Gang. Unachtsam schob er das Paket in die Tasche der dünnen Jacke. So unachtsam, wie er irgendwann unter Tags den kalten Reis mit den wenigen Stücken Gemüse verschlingen würde. Dadurch würde er sich in der Kantine der Fabrik nichts kaufen müssen, was ihnen zwar Geld sparte, aber von den Vorarbeitern nicht gern gesehen wurde. Schließlich verdienten sie an den überteuerten Preisen.

Der Gang war schmal und düster und wie jeden Tag stolperte er über die gleichen Dinge. Ein Tag war ihm wie der andere. Er unterschied nicht mehr. Am Morgen, da watete er durch den grauen Nebel seiner Unachtsamkeit. Erst später am Tag, da konnte er träumen. Von einer anderen Zeit. Von einer anderen Welt, von einem anderen Leben. Von einem anderen Land – wie das, in dem seine Verlobte lebte. In Europa, wo das Unternehmen auch Kleidung herstellte, da war alles ganz anders. Er war sich sicher. Auch wenn Chou-Ches Erzählungen nicht ganz so strahlend waren wie seine Phantasien.

Der Tag würde so werden wie tausend vor ihm, wie tausend nach ihm. So wie jeder Schritt sich glich. So wie jeder Griff – ins Leere!

Verwundert blinzelte Hun Ju mit halb geschlossenen Augen und versuchte sich zu orientieren. Der Hauseingang, die Treppenstufe, selbst der Dreck, alles war wie immer.

Nur sein Rad nicht!

Verwundert tastete er noch einmal die Wand ab, fand sie aber noch immer leer vor. Nochmals blinzelte er, um die grauen Schleier des Schlafes loszuwerden. Und sah sein Rad.

Das erste Rad war umgefallen. Und hatte die ganze Reihe verkeilt. Seines mitten darunter. Hun Ju versuchte daran zu ziehen, aber dadurch verkeilte sich alles nur noch mehr. Glitten Pedale und Lenker in Körbe und Bleche. Verwickelten sich Ketten. Verklemmten sich Lampen und Hebel. Wütend ließ er los und sein Rad glitt ein wenig zurück in die Masse aus Stahl, Blech und Gummi. Von oben weg musste er ein Rad nach dem anderen lösen. Das war langwierig und wurde nicht einfacher, da er zu hastig und unaufmerksam arbeitete. Auch weil sich allmählich der Gedanke in sein Gehirn schlich, dass all die anderen ihn sehen mussten und dann denken würden, er wäre für das Chaos verantwortlich. Natürlich war es unmöglich, nicht gesehen zu werden. Nichts entging in dem Gewimmel der staubgrauen Vorstadt den Blicken der Nachbarn. Nicht am Morgen, nicht, wenn alles zu Arbeit ging.

Hun Ju war inzwischen nicht mehr allein. Auch andere Männer versuchten ihre Räder zu finden. Mancher murrte, einer schimpfte laut und ausgiebig, doch keiner sah den anderen an oder wechselte ein Wort. Endlich hatte er sein Rad in der Hand und betrachtete es kurz. Ein offensichtlicher Schaden war nicht festzustellen. Gut, das Vorderrad war nicht allzu gerade, aber das war es schon lange nicht mehr. Wenigstens war genug Luft in den Reifen.

Hun Ju saß auf und brauste los.

Zu spät war er wach geworden. Zu spät aufgestanden. Jetzt noch die Suche nach seinem Rad, das war der Todesstoß gewesen. Heute würde er zu spät kommen. Ausgerechnet heute!

Der Schreck ließ ihn noch kräftiger in die Pedale treten und den Kopf noch tiefer senken.

Der alte Chung hatte heute Dienst!

Abgesehen davon, dass der behäbige Mann mit dem breiten Gesicht und den kleinen Augen einer der uneinsichtigsten Schichtführer war, er war außerdem Chou-Ches Vater.

Tatsächlich stand er jetzt dort vorn am Tor und ließ es schließen. Das war an sich nicht ungewöhnlich, nur waren sie sonst nie so pünktlich. Dem alten Chung schien aber sehr daran gelegen, dass das Tor heute pünktlich geschlossen wurde. Hun Ju sah ihn noch einen energischen Befehl geben und mobilisierte seine letzten Kraftreserven. Im wirklich allerletzten Moment huschte er durch die sich schließende Lücke im Tor. Ausgesperrt zu werden wäre nicht nur eine Schande vor den Augen dieses Mannes gewesen, es hätte auch den unweigerlichen Verlust der Arbeitsstelle nach sich gezogen. Und da sich die Schichtführer untereinander kannten, wäre es auch schwer gewesen, eine neue Arbeit zu finden. Die Zeiten waren nicht einfach und es war so schon schwer genug, über die Runden zu kommen, eingeflochten in das Gängelband der Betriebe. Ein Schwiegervater, der einen nicht wollte und vor dem man sich nicht beweisen konnte, war da wie ein Schicksalsschlag.

Niemand konnte sagen, ob der alte Chung es bemerkt hatte, dass ein junger Mann auf seinem Rad noch durchgehuscht war, bevor sich das Fabriktor scheppernd schloss. Nichts bewegte sich in seinem Gesicht und die kleinen dunklen Augen blieben wie immer ausdruckslos. Jeder nannte ihn nur den alten Chung, an seinen ganzen Namen erinnerte sich kaum noch jemand. Dabei war er gar nicht so viel älter als die anderen. Aber es hatte auch einen jungen Chung gegeben, seinen Sohn. Etliche Jahre war es jetzt schon her, dass der bei dem großen Unfall in der Fabrik getötet worden war. Wilde Geschichten rankten sich darum. Manche meinten hinter vorgehaltener Hand, das Unternehmen hätte dem alten Chung sogar eine Abfindung wegen dem Tod seines Sohnes gezahlt, was wohl die unglaubwürdigste aller Geschichten war. Aber er war der alte Chung geblieben. Auch weil er als Vorgesetzter unbarmherzig sein konnte. Und er hatte diese Tochter, ein wirklich hübsches Ding. Dass sie ausgerechnet mit diesem Träumer Hun Ju befreundet sein musste, das war für ihren Vater wie ein Schlag ins Gesicht. Aus diesem Grund hatte er auch erreicht, dass sie als Unteraufseherin in die Fabrik bei Mailand versetzt wurde. Was an sich als eine große Ehre und Auszeichnung angesehen werden konnte. Aber auch eine harte Prüfung war. Der junge Mann neben dem alten Chung schluckte leicht und dachte nicht weiter darüber nach. Hun Ju gehörte zu seinem Arbeitsbereich und es war an ihm als Vorarbeiter, den Jungen bluten zu lassen für diese Schande eben. Nicht, dass der alte Chung sich jemals in dieser Richtung geäußert hätte oder es gar angeordnet. Eigentlich tat der junge Hun Ju dem Unteraufseher sogar leid. Aber der unausgesprochene Gedanke des Alten zählte mehr als alle persönlichen Gefühle.

Dabei waren die Gedanken des stämmigen Mannes gar nicht bei dem jungen Hüpfer auf seinem Rad. Nicht einmal seine Tochter war es, die ihn beschäftigte. Seine Gedanken kreisten um die Gerüchte, die in der Fabrik angeblich die Runde machten und ihn nicht gut dastehen ließen. Viel Zeit und Mühe hatte es gekostet, Schichtführer zu werden, und schnell konnte alles zunichte sein. Eine unbewiesene Anschuldigung konnte da schon zu einem Fallstrick werden. Vielleicht lag es daran, dass er sich gegen eine neuerliche Erhöhung der Essenspreise ausgesprochen hatte. Eine Erhöhung, die ja doch nur in die Taschen der Küchenmanager geflossen wäre. Oder weil er gegenüber dem Management die Sicherheitsschuhe wieder in Erinnerung gebracht hatte. Es waren in der letzten Zeit einige gute Arbeiter durch Verletzungen ausgefallen, weil sie nur ihre alten Sandalen getragen hatten. Und gute Arbeiter waren nicht leicht zu ersetzen. Vielleicht hatte er auch nicht klar genug ausdrücken können, dass diese Sicherheitsschuhe natürlich nur über das Unternehmen bezogen werden durften. Zu den Preisen, die das Unternehmen diktierte. So viel Intrige rundherum. So viele persönliche Bedürftigkeiten, die zu berücksichtigen waren. Er durfte sich jetzt keine Blöße geben, denn auch er war ersetzbar und seine Position begehrt. Darum musste alles zu eintausend Prozent korrekt sein. Für einen kurzen Moment streifte ihn der Gedanke, dass sein ganzes Leben so war – eintausend Prozent. Kein Tag Ruhe. Kein Augenblick Nachlässigkeit. Er war müde. Müde davon, ständig seine Untergebenen an die Aufgaben zu erinnern, die sie seit Jahren kennen sollten. Müde davon, seine Familie beständig anzuleiten, damit es ihnen besser ging. Müde davon, sich selbst ohne Nachsicht in Zaum und Zucht zu halten. Wie viel Hoffnung hatte er in seinen Sohn gesetzt? Und mitansehen müssen, wie mit einem Schlag die einstürzende Decke auch all seine Hoffnungen unter sich begraben hatte. Seine Tochter sollte es besser haben! Was immer in seiner Macht stand, würde er tun, damit sie niemals das Leben in den Fabrikhallen teilen musste. Natürlich war das auf dem Weg nach oben nicht ganz zu vermeiden gewesen, aber sie war auf einem guten Weg.

Damit wanderten seine Gedanken zu dem jungen Mann auf seinem Rad und er atmete scharf ein. Dieser junge Narr konnte alles gefährden. Er hatte es heute wieder bewiesen. Wenn seine Tochter sich weiterhin mit ihm abgab, dann würde sie genau dort landen, wo ihr Vater sie nicht sehen wollte. In dem Meer dieser grauen und ausgemergelten Gesichter. Zwei weitere große hungrige Augen in den desolaten Wohnsilos, die ihm stumm und bettelnd folgten, sich an ihm festsaugten, unterwürfig um Aufmerksamkeit heischten. Niemals würde er so ehrlos handeln und sich so an seiner Tochter vergehen! Seine Nachsicht musste jetzt ein Ende haben. Es war unumgänglich, dass seine Tochter keinen Kontakt mehr mit diesem Hun Ju haben würde! Sie würde ihn nicht verstehen und es gab nichts, was den harten Mann mehr schmerzte als Tränen in den Augen seiner Tochter. Doch es musste sein. Und als er diese für sie alle schmerzliche Entscheidung traf, da wusste der alte Chung nicht, dass der auslösende Grund für diese Entscheidung ein umgefallenes Fahrrad in einem Vorort von Xi«an in der chinesischen Provinz Shaanxi war.

Auch Chou-Che würde nie erfahren, dass der Anstoß für das eindringliche Skype-Gespräch mit ihrem Vater ein umgefallenes Fahrrad irgendwo auf der anderen Seite des Planeten war. Als gehorsame und pflichtbewusste Tochter war sie mitten in der Nacht aufgestanden und hatte ihren wertvollsten Besitz mit in die Küche genommen, weil dort der Empfang besser war. Immer noch war ihr eigentlich schleierhaft, wie ihr Vater es geschafft hatte, an zwei Computer zu kommen. Sie kannte Familien, die nicht einmal ein Radio besaßen! Auf der anderen Seite sparten sie damit viel Geld. Weil Skype gratis war und Telefonate nach China nicht nur teuer, sondern auch schwierig. So konnte ihre Familie sie beinahe jederzeit erreichen, auch wenn ihr der Zeitunterschied in den Knochen saß. Ab und zu schaffte es auch Hun Ju in das Internetcafé in der Innenstadt von Xi«an und sie konnten sich sehen. Sonst schrieben sie sich Briefe, so wie damals, als sie noch Kinder waren. Irgendwann war aus der kindlichen Vertrautheit eine Verliebtheit gewachsen, beinahe so etwas wie eine Beziehung. Manchmal mehr, manchmal weniger in den Jahren. Er brachte sie zum Lachen, er schenkte Geborgenheit und Verständnis. Wenn sie ihn brauchte, dann war er immer da. Nun, zumeist war es so gewesen, bevor sie nach Europa gegangen war. Aber war sie denn überhaupt in Europa? Das zierliche Mädchen klappte das Notebook zu und ließ die kleine Hand mit den schlanken Fingern auf dem kühlen Deckel liegen. Dabei sah sie sich in dem winzigen kahlen Aufenthaltsraum um. Ließ ihre Blicke über die kleine Kochstelle und die paar offenen Regale gleiten, in denen sich Schachteln und Dosen in buntem Durcheinander stapelten. Besah sich das scheppernde Ding von einem Kühlschrank und blieb dann an der Spüle hängen. Zwei plumpe Wassergläser standen darin und sie zog das weite T-Shirt enger an sich. Dass sie eine Küche mit nur einer zweiten Person teilte, war ein Privileg, mit dem sonst kein Unteraufseher protzen konnte. Soweit sie die anderen kannte, lebten diese in den Schlafsälen der Arbeiter, wenn auch zumindest in ein wenig abgetrennten Bereichen. Aber schon Vorhänge waren ein Luxus, den sich nicht jeder leistete. Wohl auch, weil viele nichts anderes als das gemeinschaftliche Leben, Arbeiten und Schlafen kannten. Auch unterschied man die Aufseher im Werk von jenen, die in den Bereichen außerhalb des eigentlichen Produktionsbetriebs ihren Dienst taten. Chou-Che gehörte zu diesen wenigen, die schon beinahe dem Management zugerechnet wurden, weil sie die Menschen auch außerhalb ihrer Arbeitszeiten zu beaufsichtigen hatten. Ihre Aufgabe war es, in den Wohnquartieren der Frauen für Ruhe und Ordnung zu sorgen. Vielleicht mochte dieses Land in Europa liegen, aber innerhalb der Fabrikmauern war China. Mit all seinen Rangstufen und mit all der Ehrerbietung, die ihr von den meisten Untergebenen entgegengebracht wurde. Auch wenn die Augen der Männer viel zu oft verrieten, dass sie in Gedanken ganz andere Dinge mit der zierlichen jungen Frau taten. China war hier, mit all seinen Regeln, mit all seinen Privilegien, mit all seinen Grauzonen. So konnte es zu der Tatsache kommen, dass sie abgesondert von den Menschen lebte wie eine vom

Management, aber unter Bedingungen, die doch eher dem Leben der Arbeiter glichen.

Die Tatsache hieß Wongjin, nannte sich Mary und stand dort unter der Tür. Den viel zu pummeligen, plumpen Körper nachlässig eingehüllt in einen Seidenschlafrock, der mehr kostete, als Chou-Che in diesem Jahr verdienen würde. Und mit einem schiefen Grinsen in dem flachen breiten Gesicht. »Keine Angst, Prinzessin«, meinte sie von dort spöttisch. »Ist schon alles vorbei.«

Sie kam herein und setzte sich auf die Kante des Tisches, wobei der Schlafrock aufging und praktisch nichts mehr verbarg. Scham hatte sie sich abgewöhnt. Wie andere Regeln auch. Ihr Vater war einer der Besitzer des Unternehmens und sie war der Dorn im Fleisch des Leiters der Anlage. Im nahen Mailand studierte sie und hatte dort eine Wohnung, die Chou-Che sich nicht vorstellen konnte. Auch was sie dort studierte und wie sie dort lebte, entzog sich Chou-Ches Vorstellung. Wenn es allerdings nach dem Willen ihres Vaters gegangen wäre, dann hätte Mary in der Fabrik gewohnt, wie eine von ihnen. So war es anfangs auch gewesen. Nun, nicht ganz. Eine Tochter aus so reichem und angesehenem Haus konnte unmöglich in den Schlafsälen untergebracht werden. Das hatte auch ihr Vater eingesehen. Also wurden ein eigener Kochbereich und zwei Zimmer abgetrennt. Allzu angenehm wollte es ihr Vater der angehenden Studentin nicht machen. Nicht ganz ein Jahr später hatte Mary Wongjin ihre Wohnung in der Stadt bei ihrem Vater durchgesetzt und auch alle Freiheiten, die sie sich wünschte. Das Zimmer in der Fabrik blieb ihr, weil die Wohnung in Mailand für die Augen ihres Vaters nur eine Notlösung war. Und Mary war darüber gar nicht böse, denn sie hatte eine eigene Verwendung für diese Beziehung zu ihrer Heimat entdeckt. Viele ledige Männer gab es in der Fabrik und die kamen so gut wie nie nach draußen. Ein paar ganz hübsche, brauchbare waren darunter. Und hier, innerhalb der Mauern ihres Vaters, da bestimmte sie. Da regierte sie nach ihrem Willen. Chou-Che war sich sicher, dass ihre Mitbewohnerin diese Macht genoss. Und sie konnte nicht einmal ahnen, wie recht sie damit hatte. Denn sie hatte nie erlebt, wie ihre langbeinigen italienischen Studienkolleginnen Mary behandelten. Hatte nie erlebt, wie die Männer in der Stadt über die so reiche wie unscheinbare Chinesin hinwegsahen. Und sie hatte nie erlebt, wie freudig es die jungen gelangweilten Männer in der Fabrik aufnahmen, wenn Mary ein Auge auf sie geworfen hatte. Chou-Che zog es dann vor, in ihrem Aufgabenbereich unterwegs zu sein. Oder sie verkroch sich in ihrem Zimmer. Außer Hun Ju hatte es in ihrem Leben keinen Mann gegeben. Möglichkeiten dazu unzählige. Auch der leitende Manager der Fabrik war nicht ohne Hintergedanken gewesen, als er Chou-Che das Privileg des abgeschiedenen Zimmers einräumte. Auf die Einlösung seiner Wünsche wartete er noch immer. Auch weil aus den beiden Frauen so etwas wie Freundinnen geworden war. Zumindest so etwas Ähnliches. Zumindest Freundinnen genug, dass Mary in ihrer unverblümten

Art sich schützend vor ihre zierliche Mitbewohnerin gestellt hatte, als er eines Nachts aufgetaucht war. Seither ging er ihnen aus dem Weg. Doch Chou-Che war sich irgendwo bewusst, dass hier nur etwas aufgeschoben war. Irgendwann würde ihre pummelige Freundin mit dem Pfannkuchengesicht nicht mehr da sein. Und genau genommen war es eine Ehre, denn er war der leitende Angestellte dieses Komplexes.

»Eigentlich hasse ich dich«, meine Mary endlich nach der langen Betrachtung ihrer Zimmergenossin. »Wie kann es sein, dass du verschlafen, zerknittert, unfrisiert, in einem unvorteilhaften Shirt und mit uralten Boxershorts immer noch um so viel besser aussiehst als ich, wenn ich gestylt bin?«

Mary meinte das ernst und es schwang ein wenig Bitterkeit in ihrer Stimme mit. Aber kein Vorwurf an die junge Frau, die für sie nicht mehr als eine der Bediensteten zuhause war. Vielmehr klang aus ihr das Unverständnis der Mächtigen, dass der Himmel sie nicht in allen Bereichen bevorzugt hatte.

»Ich hatte schon mal die Idee, die Jungs legen mich nur deswegen flach, weil sie wissen, dass du im anderen Zimmer schläfst, und sie hoffen, einen Blick auf dich zu erhaschen.«

Chou-Che zog überrascht die Stirn kraus, aber Mary lachte. Nein, das war nicht ernst. Die Jungs kamen wegen ihr selbst. Weil sie die Tochter vom Chef war, weil sie sich einen Vorteil darüber hinaus erhofften und, nicht zuletzt, weil Mary sie bereitwillig aufnahm und für allerlei Spielchen Interesse zeigte.

»Wie kann es sein«, hielt ihr die zierliche Chou-Che entgegen,»dass du alles bekommst, was du willst, und ich nicht mal den einen?«

Jetzt runzelte Mary die Stirn und zog den Schlafrock doch zusammen. Schwerfällig rutschte sie von dem Tisch, watschelte auf nackten Sohlen zu dem Kühlschrank und holte sich eine Dose heraus. Während sie den Verschluss der Limonade aufzog, brummte sie:»Das sieht nur so aus.«

Chou-Che packte langsam ihr Notebook in die Tasche und von irgendwoher aus dem Gebäude drangen die leisen Geräusche eines Streits. Es kam von unten. Das war nicht Chou-Ches Bereich, das waren die Männer. Wahrscheinlich stritten sie wieder, weil der eine zu Mary durfte und der andere nicht. Irgendwann würde ihr Vater es erfahren, unweigerlich. Und alle außer Mary fürchteten diesen Tag. Denn dieser Vater war mächtiger, weil er noch unerbittlicher war als andere.

»Mein Vater hat mir jeden weiteren Kontakt zu Hun Ju verboten«, erzählte Chou-Che dann. Mary sah auf und betrachtete sie nachdenklich. Inzwischen kannte sie ihre kleine Prinzessin, wie sie Chou-Che nannte, gut genug, um zu verstehen, was das für sie bedeutete. Es gab nichts, was sie dazu sagen konnte. All ihr Zynismus, all die gespielte Ablehnung der Traditionen fiel von ihr ab, als Chou-Che zu weinen begann. Verstohlen glitzerte die erste Träne zwischen den langen Wimpern, rollte dann zaghaft, fast furchtsam über die kleine Wange und bahnte doch den Weg für eine Flut, die nachfolgen sollte. Lange noch redeten die beiden allein gelassenen

Mädchen, weil irgendwo in Xi'an in der chinesischen Provinz Shaaxi ein Fahrrad umgefallen war.

Mary Wongjin fuhr mit der Hand über die beschlagene Scheibe und sah in den beginnenden Tag hinaus. Draußen huschten Masten an dem Zug vorbei. Rasten Häuser entlang von Straßen, tanzten Wassertürme über das flache Land und drehten sich die Berge weit hinten am Horizont ganz langsam wie verschlafene Kindermädchen. Aber jetzt sah sie nicht mehr hinaus. Wollte nicht mehr. Denn jetzt spiegelte sich auch ihr Gesicht im Glas und sie mochte das nicht leiden. Sie mochte ihr Gesicht nicht, das so teigig war wie halb gebackener Pfannkuchen. Mit der breiten platten Nase, als würde sie sich beständig neugierig an Scheiben pressen, hinter denen die Welt unerreichbar lag. Sie mochte ihren Körper nicht, der so schwerfällig und unbeweglich war. Eine klassische Figur, spottete sie manchmal, alles römisch – der Busen mickrig wie bei den Statuen, dafür Beine, mächtig wie Säulen. Sie versuchte sich auf die Skripte vor ihr zu konzentrieren, aber immer wieder schob sich das viel zu hübsche, wenn auch verheulte Gesicht ihrer Mitbewohnerin dazwischen. Da war die Erinnerung an das haltlose, verzweifelte Schluchzen und an ihre schweigende Ratlosigkeit. Dieser Ausbruch von Trauer und Verzweiflung hatte sie weit mehr berührt, als sie zugeben konnte. Hatte Gedanken in Bewegung gesetzt, denen sie sich bisher gut verschlossen hatte. Was sollte sie schon tun, was konnte sie schon raten? Ahnungslos war sie in jeder Beziehung. Männer waren Dinge, die einem Lust bereiteten und die man dann wieder wegschickte und vergaß. Und keiner von denen hätte sie auch nur bemerkt, wäre sie nicht die Tochter ihres Vaters. Ihr Vater aber hatte so viel Wichtiges im Kopf, dass für seine Tochter kaum ein Gedanke übrig blieb. Bevor ihr richtig klar werden konnte, dass sie Chou-Che eigentlich um ihren Schmerz beneidete, klappte sie das Buch zu und schob die losen Blätter so energisch zusammen wie den aufkeimenden Gedanken aus ihrem Kopf. Zu weinen, weil man einem Mann nicht mehr schreiben durfte, das war für sie unvorstellbar! Was war es nur, was hatte die Kleine, was fehlte ihr?

»Entschuldigung, ist der Platz noch frei?«

Mary nickte abwesend und streifte den jungen Mann mit einem Blick. Konnte es sein, dass er zuvor etwas weiter hinten im Wagon gesessen hatte? Schmalzige, wirre Haare, dicke Brille, pickelige Haut, viel zu weiß und schwammig. Mary grinste still in sich hinein, während sie an den groben Kerl mit den strammen Muskeln und den harten rauen Händen dachte, der vor wenigen Stunden all seine Wut in sie hatte hineinstoßen dürfen. Der da drüben, der hätte sie nicht einmal lecken dürfen, dachte sie bitter. Wie sah wohl Hun Ju aus? Chou-Che hatte ihr niemals ein Bild von ihm gezeigt. Vielleicht war er ganz anders als all die Männer, die Mary kennen gelernt hatte. Vielleicht war Chou-Che ganz anders als sie. Mary konnte dabei sicherlich auf die einsamen, tränenfeuchten Nächte verzichten, und doch beneidete sie insgeheim ihre kleine Prinzessin.

Nach einem neugierigen Blick auf das Buch hatte der junge Mann etwas gesagt, aber Mary war so in ihren Gedanken eingesponnen, dass sie es nicht gehört hatte. Fragend sah sie ihn an.

»Ich habe gefragt, ob Sie mit Pharmazie zu tun haben.«
Mary schüttelte den Kopf und schwieg. Aber sie sah
nicht mehr weg.

Verlegen grinste er und wusste nicht, wie weiter.
Die ganze Zeit über hatte er schon von weiter hinten
versucht, einen Blick auf sie zu erhaschen. Und nun
sah sie ihn sogar an. Und wie immer wusste er nicht,
was er tun oder sagen sollte. Seit Tagen ging das nun
schon so. Heute hatte er sich den Mut genommen, sie
anzusprechen, und nun wusste er nicht, was er sagen
sollte.

»Ich studiere nämlich Pharmazie«, stotterte er endlich.
»In Novara, an der Uni del Piemonte.«

Eigentlich war er ganz nett, fand sie. Aber doch ein
tollpatschiger Dummkopf. Chou-Che hatte Hun Ju. Alle
ihre Studienkolleginnen waren in mehr oder weniger
festen Beziehungen. Sie war eine Nutte. Zumindest so
etwas in der Art, huschte durch ihren Kopf und ein bit-
teres Lächeln zeichnete sich auf ihrem Gesicht ab.

Nervös rieb er seine schwitzenden Hände an den Ho-
sen und dachte angestrengt nach.

»Michael Castelmare«, brachte er endlich heraus.

Sie sah ihn überrascht an und zog die Stirn kraus, was
auch ihre Nase noch mehr in die Breite zog. Also ließ
sie es sofort wieder.

»Mein Name.« Er grinste. »Ich bin Michael Castelmare.«

»Mary Wongjin«, antwortete sie endlich. »Wirtschaft
an der Mailänder.«

Wirtschaft? Eine Nutte war sie. Nichts weiter. Was war
schon das Studium? Beine breitmachen, das konnte sie.

Vielleicht war sie im Lutschen von Schwänzen ganz gut, Wirtschaft war nicht ihr Ding. Sie war Abschaum unter den Mächtigen. Chou-Che war eine Prinzessin unter den Arbeitern. Und Hun Ju war sicherlich ein großer Krieger. Ein Held wie in den Legenden. Die arme schöne Prinzessin und die reiche plumpe Nutte! Immer wieder kreisten ihre Gedanken zurück zu dem aufrüttelnden Gespräch die ganze Nacht lang. Ein Gespräch, das auch ihre Augen ein wenig geöffnet hatte. Ihr all den Schmutz um sie gezeigt hatte. Und sie blind machte für den jungen Mann, der an ihr, an ihr allein interessiert war. Der nichts von ihrem Vater wusste, nichts von ihrem Geld. Sie war es, was ihn anzog. An jedem anderen Tag hätte sie ihn einfach ausgelacht, völlig befriedigt mit ihrer Macht und von der Nacht. Unter dem Einfluss des nächtlichen Gesprächs erwiderte sie sein Interesse zwar nicht, aber sie wies ihn auch nicht lachend zurück. Holte ihn nicht in die kalte Realität zurück, wie sie es sonst so gerne tat.

Weil irgendwo in der chinesischen Provinz Shaaxi ein Fahrrad umgefallen war.

Die steinernen Säulen waren nass vom Nieselregen, trotzdem lehnte sich der junge Mann dagegen, fuhr sich durch die wirren Haare und sah auf den grauen Platz hinaus. Menschen hasteten über die kleine Piazza Garibaldi, ohne einander wahrzunehmen. Keiner sah den anderen, so als wäre jeder nur allein auf der Welt. Vielleicht war es genau das. Die Wirklichkeit, dass jeder ganz allein war. So wie er in der leeren Bank gesessen hatte, unfähig, einen Gedanken zu fassen, seit sie in Mailand ausgestiegen war. Gerade mal etwas mehr als zehn Minuten brauchte er zu Fuß vom Bahnhof in seine Fakultät, die Vorlesung begann aber erst in etwas mehr als einer Stunde. Viel zu viel Zeit, um hier zu stehen. Als er den ersten Schritt aus der Arkade hinaus in die Stadt tat, legte sich augenblicklich ein leichter Film aus Feuchtigkeit über seine Brille. Er mochte dieses verschwommene Bild der Welt. Wenn die Ecken weich wurden und jedes Licht zu einem Stern. Selbst die Menschen schienen ihm dann weniger schroff, weniger feindselig durch die Welt zu eilen. Jeder von ihnen war allein, unrettbar eingesponnen in seine eigene Wirklichkeit, die man mit niemandem teilen konnte. Genau genommen war er damit auch wieder nur ein Teil der Masse, einer von vielen, nicht mehr so ganz allein. Doch Michael Castelmare grinste schief, dachte an das Mädchen und fuhr sich noch einmal durch seine Haare, die durch den Nieselregen nun noch verfilzter wirkten. Nur manchmal, da gab es einen Schimmer Hoffnung in dieser Einsamkeit. Der Regen drang allmählich in seinen Kragen und er beschleunigte seinen gemächlichen Schritt. Dieses Wetter war wirklich nicht geeignet für einen nachdenklichen Bummel durch die Stadt. Die meisten Menschen hassten es, weil es sie zwang, ihr Smartphone wegzustecken, und sie so ungeduldig und abgenabelt zurückließ. Er bog in die Via Mille ab, was zwar nicht der direkte Weg zur Uni war, aber auch kein nennenswerter Umweg. Vor einem unscheinbaren Geschäft, das billige Telefonate nach Afrika versprach, blieb er unschlüssig stehen. Und entschied endlich, dass er noch Zeit genug hatte, dass es sowieso egal war, weil jeder für sich allein in seiner Welt lebte und auch wenn sie nichts von einem Wiedersehen gesagt hatte, so hatte sie sich doch ganz freundlich von ihm verabschiedet. Mary Wongjin! Auch wenn sie ihm versponnen in dem Kokon ihrer eigenen Wirklichkeit schien, sie hatte ihn wahrgenommen. Er hatte sie schon ein paarmal in dem Zug gesehen, warum sollte er sie nicht wiedersehen?

Der dunkelhäutige Mann hinter dem Pult sah nur kurz auf, als Michael an ihm vorbeiging und ihm zunickte. Es sah aus, als würde er die Begrüßung zurückgeben, doch sein Nicken kam nur daher, dass er den Blick wieder auf sein Smartphone senkte. Zumindest hatte er den frühen Kunden bemerkt, was auch nicht immer vorkam. Wieder ein Beweis für Michael, dass es doch eine Beziehung zwischen den Menschen gab, dass die Einsamkeit doch nicht vollkommen war. Auch wenn der Typ hinter dem Pult keine Ahnung davon hatte, wer er wirklich war. Michael hatte einen Namen erfunden, Onlinezeit gekauft und niemand hatte nach Papieren oder Ähnlichem gefragt. Unter dieser falschen Identität hatte er nun einen Mail-Account laufen und einen Blog, in dem er über Medikamente, über die Uni und ein wenig über Politik schrieb. Was ihm gerade unterkam. Nichts Aufregendes. Nichts, was bei irgendjemand ins Auge stechen konnte. Trotzdem erregte ihn diese Vorspiegelung einer falschen Persönlichkeit jedes Mal aufs Neue. Hier konnte er sein, wer immer er sein wollte, es durfte nur nicht zu unglaubwürdig klingen. Dabei gestattete er sich nicht, darüber nachzudenken, inwieweit er wirklich anonym war, nur weil er sich mit einem falschen Namen im Internet bewegte und die Kosten dafür bar bezahlte. Er benutzte immer das gleiche Internetcafé, sogar immer den gleichen Computer. Kaum hatte er sich eingeloggt, da erschienen schon Werbebanner. Medikamente wurden ihm angeboten, Neuheiten und Sonderangebote. Und die schönsten Frauen aus Russland und Asien versuchten sein Interesse zu gewinnen. Dabei war es nicht so, als hätte er die Anonymität gesucht. Ein Freund hatte ihm ganz am Anfang dazu geraten, denn man wusste nie, wer mitlas oder wer in ferner Zukunft jugendliche Torheiten auszugraben versuchte. Andere mochten ihr gesamtes Leben im Internet mit allen teilen, wobei er sich manchmal fragte, ob die wirklich so ein tolles Leben führten, wie sie berichteten. Auch Michael hatte sich bei Facebook angemeldet, aber er sah so gut wie nie dorthinein. Sehr viel interessanter fand er da die Foren, in denen es um Medikamente ging. Um das, was nicht auf dem Beipackzettel stand und was man noch so alles an zumeist unerwünschten Nebenwirkungen mit einkaufte. Eine neue Frage war dort aufgetaucht.

Einer hatte in den virtuellen Raum geworfen, ob es denn möglich sei, mit handelsüblichen Medikamenten, die außerdem noch frei verfügbar sein sollten, so etwas wie eine Partydroge zu basteln. Nun, diese Frage regte Michaels Neugierde an. Zumal sie eine Herausforderung darstellte. Und dann war da noch der Fragesteller. Ein Michael Castelmare aus Los Angeles! Michael musste immer wieder grinsen, wenn er daran dachte. Sicherlich war auch das ein erfundener Name. Auch wenn es schon witzig war, auf jemanden zu treffen, der den gleichen Namen trug wie man selbst. Und er hatte kurz mit dem Gedanken gespielt, den anderen darauf anzusprechen. Aber er hatte es nicht getan. Genauso wenig, wie er bisher seine Gedanken zu diesem Thema bekannt gegeben hatte. Besser gesagt, seine Nachforschungen, denn das Thema war interessant genug, um darüber vielleicht sogar eine Arbeit zu schreiben. Seinem Professor würde das zwar nicht sehr gefallen, aber es war interessant, was so frei erhältlich war. Man musste die Wirkstoffe nur neu mischen.

Zuerst einmal, fast automatisch, suchte er nach Mary Wongjin, um vielleicht im Gedächtnis von Google mehr über sie zu erfahren. Gleichzeitig loggte er sich im Forum ein.

In den letzten Tagen hatte sich eine ordentliche Diskussion aufgebaut, das meiste davon war Schrott und einfach nur schwachsinnig. Von Wongjin wusste Google so einiges, von Mary Wongjin nur wenig. Michael sprang zwischen den Seiten und dem Forum hin und her und las und schüttelte den Kopf. Ein passendes

Bild zur Mary Wongjin gab es scheinbar nicht. Dann grinste er. Dieser Michael Castelmare aus Los Angeles war schon eine schräge Type! Er hatte doch tatsächlich noch einmal nachgelegt und aufgelistet, was es so an Medikamenten bei ihm zu Hause gab. Und weil da einiges dabei war, das dem jungen Mann in Novara nicht bekannt war, reizte es seine Neugierde. Wenige Minuten und ein paar besuchte Webseiten später war er sich sicher, dass der Fragesteller wirklich in den USA sitzen musste, denn ein paar der Medikamente unter diesen Bezeichnungen wurden nur dort verkauft. Natürlich waren es die gleichen, die weltweit vertrieben wurden, nur die Namen wechselten von Kontinent zu Kontinent. Manche der Wirkstoffe, die sie enthielten, waren unnütz, manche blankes Gift. Trotz aller sogenannter Kontrollen schien sich niemand wirklich dafür zu interessieren, was die Menschen zu sich nahmen. Auch so ein Thema, das den jungen Italiener ab und zu beschäftigte. Im Augenblick war seine Konzentration aber nicht die beste. Die junge Chinesin schlich sich immer wieder in seine Gedanken. Und weil ihr Gesicht immer da war, ihre stämmigen Beine, ihre zierlichen Ohren, darum dachte er nicht weiter nach. Und weil Google noch immer keine Bilder von ihr hatte. Sie hatte ihn angelächelt. Er hatte mit ihr gesprochen. Die Medikamente in den USA enthielten dieselben Wirkstoffe wie die in Europa erhältlichen. Es machte keinen Unterschied. Und während seine Gedanken darum kreisten, ob sie auch so kleine Füße wie kleine Ohren hatte, begann er zu tippen. Ein wenig. Mehr nebenbei.

Es war nicht wirklich seine Absicht gewesen, sein Wissen im Internet zu veröffentlichen. Schon gar nicht so detailliert. Und er hatte nie daran gedacht, selbst Drogen herzustellen. Aber so eine kleine private Nachricht an ein anderes Forumsmitglied konnte nicht schlimm sein. Er fühlte sich gut. Wirklich gut. Er hatte sie angesprochen. Und er würde sie wiedersehen. Was konnte schon geschehen? Das Leben war ein Risiko, eine Dummheit wert.

Weil irgendwo in einer chinesischen Provinz ein Fahrrad umgefallen war.

Mike Reebul streckte sich durch und sah in die dunkle Nacht hinaus. Irgendwo dort meinte er die Straßenlaterne zu entdecken und er versuchte sich einmal mehr zu erinnern, seit wann sie nicht mehr leuchtete. Er war nicht unglücklich darüber, dass sie nicht repariert wurde. Ganz im Gegenteil. Die Lampe befand sich genau vor dem Fenster seines Zimmers im Obergeschoss und erhellte es übermäßig. Vor allem im Winter, wenn die Bäume kein Laub trugen. Schnee hätte das noch schlimmer gemacht, aber hier in North Tustin war Schnee unbekannt. Dafür reihten sich Kilometer um Kilometer die flachen Wohnhäuser aneinander. Jedes ein wenig anders und doch glichen sie sich unverkennbar. Ein breites Erdgeschoss mit einem Obergeschoss, das viel zu klein aussah. Zumeist ungenutzte Vorgärten mit gelblichem Rasen. Nur durchbrochen von breiten grauen Auffahrten und vereinzelt stehenden, hartlaubigen Bäumen. Einen Friedhof für Lebende, so hatte Mike ihr Viertel einmal genannt, und genau der stille Frieden war es, worauf sein Vater so stolz war. Sein Stiefvater, verbesserte er sich sofort in Gedanken. Dabei zog er sein T-Shirt über den Kopf und wischte sich damit den Schweiß vom Oberkörper. Für das ganze Haus gab es eine Klimaanlage, auch etwas, worauf sein Stiefvater stolz war. Vielleicht gerade deswegen hatte Mike in seinem Zimmer die Anlage abgestellt und stattdessen das Fenster geöffnet. Wieder einmal dachte er daran, dass es eigentlich dumm war, die Annehmlichkeiten zu verweigern, die ihm sein Stiefvater bot. Aber ohne weiter darüber nachzudenken, tat er es einfach nicht. So wie ihm das »Dad« einfach nicht über die Lippen kommen wollte, und so, wie er den neuen Namen seiner Mutter nicht annehmen wollte. Reiner Trotz, behauptete sie und dachte ebenfalls nicht weiter darüber nach. Sein Stiefvater ahnte da schon eher, dass jedes Zugeständnis von Seiten des Jungen eine Einwilligung in die Beziehung zwischen den Erwachsenen bedeutet hätte. Was für den Jungen wiederum einem Verrat an seinem Vater gleichkam. Und den vergötterte Mike. Gleich neben dem Bildschirm stand ein Bild von ihm. Der riesenhafte Afro mit den enormen Muskelpaketen in der Mitte, das war sein Vater, und wer Mike sah, der erkannte die Ähnlichkeit sofort. Auch Mike war für seine sechzehn Jahre groß gewachsen und er würde noch weiterwachsen. Und er trainierte wie ein Besessener. Auch um in seinem Foodballteam weiterzukommen, doch in Wahrheit wollte er nur seinem Vater noch ähnlicher werden. Er stand auf und stellte sich vor den Spiegel. Nahm die Pose seines Vaters auf dem Bild ein und war nicht zufrieden. Der Mann auf dem Bild war ein Koloss, Mike hingegen viel zu sehnig, viel zu beweglich. Weil er doch um vieles jünger war. Immerhin, das ausgeprägte Sixpack kam bei den Mädchen in der Schule gut an. Aber um seinem Vater zu gleichen, musste er noch sehr viel mehr an Muskelmasse aufbauen. Doch das war kein Problem. Wie seine Mutter immer sagte, gab es für alles eine Pille. Sie konnten es bald mit einer Apotheke aufnehmen, wenn er sah, was sie immer so nach Hause schleppte. Dabei wusste sie oft selbst nach ein paar Tagen nicht mehr, wofür oder wogegen die Tabletten, Kapseln, Pillen und

Tropfen eigentlich gedacht waren. Der Gedanke daran erinnerte ihn an etwas und er ging zurück an den Computer. Um die Hausaufgaben würde er sich später kümmern. Mit einem Klick waren sie auch schon verschwunden. Dafür loggte er sich in dieses eine Forum ein, suchte seine Frage und staunte nicht schlecht. Auf seine eigentlich überhaupt nicht ernst gemeinte Frage nach der Partydroge im Selbstbaumodus aus handelsüblichen Medikamenten hatte es eine Unzahl von Antworten gegeben. Sehr viel mehr, als er erwartet hatte. Aber nichts als das übliche schwachsinnige Internetgeschwafel. Das wiederum hatte er erwartet. Niemand würde so gedankenlos sein und darauf in einem Forum auch nur Mike stockte und scrollte noch einmal zurück. Da war ein ziemlich langer Beitrag von einem Alfredo Ferrari aus Rom. Und selbst wenn Mike in Chemie nicht so gut gewesen wäre – dass das irgendwie nach einem Rezept aussah, hätte er trotzdem bemerkt. Er begann noch einmal zu lesen. Von Anfang an, und diesmal aufmerksamer. Das war eine Bauanleitung! Holprig irgendwie und nicht zusammenhängend, so als wäre der Schreiber nicht ganz bei der Sache gewesen und außerdem mit der englischen Sprache nicht besonders vertraut. Aber da stand eindeutig, welche Bestandteile aus welchen Medikamenten verwendet werden konnten, welche Wirkung sie hatten und in welchem Verhältnis man sie zusammenmischen musste. Sogar ein paar Hinweise gab es, wie man manche der Wirkstoffe aus den Medikamenten herauskitzeln konnte. Mike las das Ganze noch einmal und traute seinen Augen nicht. Schnell druckte er den

Beitrag aus, denn wenn irgendein Systemadministrator das sah, würde es umgehend verschwinden. Falls es nicht sowieso ein einziger Schwindel war. Natürlich, das konnte nicht echt sein. Niemand veröffentlichte eine Anleitung zur Herstellung synthetischer Drogen in einem öffentlichen Forum. Obwohl, so erkannte er auf den zweiten Blick, war es nicht öffentlich, sondern eine private Nachricht an ihn. Er hatte bei seiner Frage eigentlich mehr daran gedacht, was geschehen würde, wenn man unterschiedliche Medikamente miteinander schluckte. Von wegen Wechselwirkungen und so. Mit so einer Antwort hatte er nicht gerechnet. In der Ecke hob ein kleiner struppiger Hund den Kopf und sah zu seinem Herrn hin. Seinem feinen Gespür für die Stimmungsschwankungen der unberechenbaren Zweibeiner war nicht entgangen, dass sein Herrchen aufgeregt war. Kurz zog er die Luft ein, aber da war keine Gefahr. Nur die flackernde Fläche, auf die diese beschränkten Wesen stundenlang starren konnten.

Als rechts unten ein Chatfenster aufging, zuckte Mike erschrocken zusammen. Aber es war nur ein Schulkollege, der sich berechtigte Sorgen wegen der Geschichtsarbeit machte, die sie morgen schreiben würden. Bevor er antwortete, loggte sich Mike sorgsam aus dem Forum aus und war sich sicher, dass er nie wieder dort hineinsehen würde.

Der großgewachsene Junge ließ das Fahrrad achtlos ins Gras fallen und öffnete das Garagentor. Sofort schoss die kleine Straßenmischung auf ihn zu und drehte in wahnwitzigem Tempo ein paar Runden um ihn. Fast außer sich vor Freude versuchte das Hündchen gleichzeitig zu laufen, zu hüpfen, mit dem Stummel zu wedeln, zu japsen und seinen Kopf an den nackten Beinen des Jungen zu reiben. Mike lachte und ging in die Knie, um ihn abzufangen und zu knuddeln. Mit dem Kleinen war alles anders. Sonst gab er zuhause den Mürrischen, und in der Schule hatte er auch nicht viel zu lachen. Die meisten dort waren Latinos und hielten fest zusammen. Die anderen Farbigen nannten sich Afros und versuchten sich anzubiedern. Mike nannte sich »black«, hielt Abstand und machte auf unterkühlt und unabhängig. Dabei hätte er doch so furchtbar gern dazugehört. Was hätte er nicht dafür gegeben, bestaunter und bewunderter Mittelpunkt der Schule zu sein? Dass die schrille, viel zu laute Angelina ihn für Freitag zu ihrer Party eingeladen hatte, war doch mehr ein Akt der Gnade. Wobei, immerhin, er war im Footballteam! Vielleicht hatte es auch an Annmarie gelegen, die nebenbei gestanden und ihn immerzu mit großen Augen angestarrt hatte. Nun, Annmaries Großvater war Farbiger gewesen, was sich in ihren krausen Haaren zeigte. Mike verstand sich ganz gut mit ihr. Eigentlich besser als mit den meisten anderen. Vielleicht hatte ja sie auf ihre Freundin eingewirkt, dass sie ihn einlud. Mit einem riesigen Auto sollte er dort vorfahren. Oder von einem Hubschrauber gebracht werden. Noch im schwarzen Anzug. Vielleicht eine kleine Schramme an der Wange. Wie zufällig würde er dann zu ihr hingehen, und als wäre er ein ganz normaler Mann, würde er sich mit ihr unterhalten. Und die anderen würden tuscheln, weil er etwas Besonderes war. Weil er anders war. Weil er keiner von ihnen war und es ihm so gar nichts ausmachte. Der kleine Hund bemerkte, dass die Aufmerksamkeit seines Herrn schwand, und raste kurz einmal durch den Vorgarten, um für erleichternde Sekunden an dem Baum zu halten. Mike saß immer noch in der Hocke und starrte auf den Asphalt vor sich. Sie würden tuscheln, oh, ganz sicher! Aber nicht, weil er etwas Besonderes war, sondern weil er nicht zu ihnen gehörte. Er war keiner von ihnen – und er war kein Held, und er war kein Outlaw, er war nichts. Und es machte ihm etwas aus. Oh ja! Mike stand auf, presste die Zähne so fest aufeinander, dass die Kiefer schmerzten, und sah nach seinem Hund. Der jagte gerade ein Blatt Papier, das der Wind verweht hatte.

Der Junge fühlte schlagartig, wie ihm heiß wurde, und wäre seine Haut nicht so dunkel gewesen, so hätte eine flammende Röte sein Gesicht überzogen.

Das Blatt lag noch im Drucker!

Sie hatten wegen der Geschichtsarbeit gestritten und dann hatte er mit Spike noch einmal nach draußen gehen müssen. Er hatte den Ausdruck einfach vergessen! Wenn seine Mutter das sah! Nein, seine Mutter würde sein Zimmer niemals betreten, das hatte sie schon vor einiger Zeit aufgegeben. Aber sein Stiefvater schnüffelte ihm immer hinterher. Doch der war vor ihm gegangen und noch nicht zu Hause. Ein wenig beruhigter atmete Mike durch. Wie konnte er nur so blöd sein und den Ausdruck liegen lassen? Er pfiff leise, und sofort unterbrach der kleine struppige Straßenköter seine Runden und kam zu ihm. Nachdenklich sah der Junge ihm entgegen und ging dann wieder in die Knie, um ihn zu umarmen.

»Ach Spiky«, meinte er leise, »du bist wahrscheinlich der Einzige, der mich niemals verraten würde.«

Dann kam ihm ein anderer Gedanke. Ein völlig abwegiger, völlig abstruser Gedanke. Unmöglich. Allerdings, wenn man

Er ging ins Haus, stellte sein Fahrrad in die Ecke und schloss sorgsam das Garagentor hinter sich und dem Hund. Langsam stieg er die Treppe nach oben, sperrte die Tür zu seinem Zimmer auf und nahm das Blatt Papier aus dem Drucker. Starrte es lange an. Dann faltete er es zusammen und steckte es in die Hosentasche.

Im Schrank seiner Mutter musste er nicht lange suchen und war immer wieder verblüfft, was sie an Medikamenten anhäufte. Ja, anhäufen war der richtige Ausdruck, so wie das hinter ihren Wintersachen lag. Sorgfältig wählte Mike fünf Schachteln aus und war sich sicher, dass sie es nicht bemerken würde. Im Keller standen noch die Sachen von seinem Chemieprojekt aus dem letzten Jahr herum. Chemie war eines seiner Lieblingsfächer. Nicht zuletzt, weil sein Vater mit Sprengstoffen zu tun gehabt hatte. Darum war er auch getötet worden, irgendwo im Irak. Der kurze Gedanke streifte ihn, dass sein Vater wohl nicht einverstanden gewesen wäre mit dem, was er da machte. Dann war da wieder das Bild von Annmarie mit den großen Augen, von Angelina mit den viel zu großen, viel zu künstlichen Brüsten. Er würde es schwach dosieren. Einfach nur so zum Spaß. Er konnte das. Schließlich war er keiner von ihnen, er war etwas Besonderes!

So einfach, wie sich die Anleitung gelesen hatte, war das Ganze dann doch nicht. Das Zerteilen der Kapseln hatte ihm viel Mühe gemacht, weil er viel zu hektisch arbeitete. Das Auslösen der Wirkstoffe mit seinen primitiven Geräten war nicht weniger schwierig. Aber Mike war ganz bei der Sache, arbeitete immer konzentrierter und vergaß die Zeit und seinen kleinen Hund, der es sich im Vorzimmer auf dem kühlen Steinboden bequem gemacht hatte. Mike hörte nicht seine Mutter nach Hause kommen und nicht ihren ersten, den alltäglichen Gang ins Badezimmer, um die Tabletten »zum Runterkommen« zu schlucken. Er hörte den Wagen seines Stiefvaters nicht, und er hörte die wenigen Worte nicht, mit denen sein Stiefvater versuchte, Kontakt zu seiner Frau aufzunehmen, während diese halb abwesend in der Küche hantierte. Ihm entging, wie sein Stiefvater herzlich den kleinen Hund aus dem Vorzimmer scheuchte, um Mike zu suchen. Nicht, ohne ihm vorher lange und liebevoll den Bauch gekrault zu haben. Diesmal lief der Kleine aber nicht die Treppe hinauf, sondern zwängte sich durch die Tür in den Keller. Verwundert sah der stämmige Mann hinterher und runzelte die Stirn. Und folgte dem Hund automatisch.

Mike musste nichts erklären. Aus irgendeinem Grund verstand dieser Mann auf den ersten Blick, was er hier machte. Und aus irgendeinem Grund dachte Mike überhaupt nicht daran, es zu leugnen. Vieles hätte er erzählen können, und auch die herumliegenden Medikamente ließen sich sicherlich erklären, aber Mike sagte gar nichts. So wie der Mann mit dem schütteren schwarzen Haar nichts sagte und sich nur umsah. Um dann zu dem Jungen aufzusehen, denn der war fast einen Kopf größer.

»Raus!«, war endlich das Erste, was aus seiner Kehle schlüpfte. Er sagte es leise, ohne Betonung, und trotzdem war da eine Schärfe dahinter, die Mike so nicht kannte. Die ihn veranlasste, ohne Widerspruch aus der Kammer zu trotten. Auf der engen Treppe packte ihn sein Stiefvater am Arm und hielt ihn zurück. Reflexartig schüttelte Mike die Berührung ab, blieb aber stehen.

»Was hast du dir dabei gedacht?«, flüsterte der Mann aufgebracht. »Du verwandelst unser Haus in ein Drogenlabor? Wie, glaubst du, reagiert deine Mutter, wenn sie das erfährt? Was soll das? Bist du völlig verrückt geworden?«

Mike starrte angestrengt auf die abgewetzte Stufe und schwieg. Was hätte er auch sagen sollen? Der Mann hinter ihm atmete schwer und versuchte sich offensichtlich über die Situation im Klaren zu werden.

»Wir werden deiner Mutter nichts davon sagen. Nach dem Abendessen lässt du das Zeug verschwinden und rührst es nie wieder an!«

Es wäre so einfach gewesen, zu nicken und weiterzugehen. Aber aus irgendeinem unerfindlichen Grund blieb Mike stehen, riskierte kurz einen Blick zu dem Mann hinter sich und starrte dann wieder auf die Treppe.

»Warum? Es sind Mas Medikamente!« Als wäre das irgendeine Erklärung.

»Was?«, brachte der Mann heraus und starrte den Jungen an. In dem Düster des Treppenaufgangs wurde der Krampf in Mikes Magen immer stärker, wurde der kalte harte Kloß in ihm immer größer, als würde die Dunkelheit ihn nähren. Schien ihn zerreißen zu wollen. »Was geht es dich an, was ich mache?«, presste er zwischen den Zähnen hervor. »Für dich bin ich doch nur Abschaum. Ein gottverdammter Nigger, den man am besten ignoriert, wenn man ihn schon nicht loswerden kann.«

»Du lebst in meinem Haus, von meinem Geld …«

»Ja, ich lebe von deinem Geld!«, unterbrach ihn der Junge fauchend. »Danke, ich habe nicht vergessen, dass du uns gekauft hast mit deinem Geld, das doch nur für diese stinkende Bude hier reicht!«

Der Junge stürmte los und in den Vorraum hinaus, wo ihr kleiner Hund ihn schon stummelwedelnd erwartete, auch wenn ihm die Spannung in den gezischten Stimmen nicht entgangen war. Aber wenn er ganz verrückt tat, dann vergaßen die Zweibeiner zumeist ihre Streitigkeiten.

»Mike! Bleib stehen!«, rief ihm der Mann nach und schob sich durch die Tür. »Was soll das heißen? Bleib stehen, wenn ich mit dir rede!«

Mike blieb tatsächlich stehen und hasste sich dafür. Er hasste, hasste, hasste! Und er hätte heulen können vor Wut. Und er hasste sich, weil ihm Tränen in seinen Augen standen wie einem kleinen Kind.

»Gekauft hast du sie!«, heulte er auf. »Mit deinem dreckigen Geld! Damit du deinen stinkenden Schwanz in sie reinschieben kannst! Wann immer du willst! Überall! Als Sklavin! Wie eine Sklavin hältst du sie! Nur zum Ficken! Zum Ficken und Blasen!«

Der Mann starrte ihn mit offenem Mund an und hatte keine Ahnung, was er entgegnen sollte, was pubertierende Phantasie in Verbindung mit Internetpornographie für Vorstellungen zeugten.

»Ich hasse dich! Ich hasse dich, du alter, verdammter Bock! Mein Vater würde dich umbringen!«

»Lass deinen Vater aus dem Spiel!«

»Mein Vater war ein Mann!«, brauste der Junge auf. »Ein Mann, ein wirklicher Mann, und kein so ein Latino-Schlappschanz wie du! Mein Vater war ein Held!«

»Mike, hör auf!«

»Ein Held war er! Umgebracht hätte er dich, du stinkender alter Bock! Du Bock! Du Bock!«

»Dein toller Held sitzt auf Hawaii und zahlt nicht mal deine Alimente!«

Jetzt war wirklich der Moment gekommen, wie ein Verrückter kläffend zwischen den beiden herumzuspringen. Wie erstarrt standen sie nach dem letzten Gebrüll. Er musste ihre Aufmerksamkeit auf sich lenken, sonst würde das hier schlimm ausgehen. Spike fühlte das mit seinem sicheren Instinkt.

Aufgeschreckt von dem Gebell wirbelte der Junge herum und trat nach ihm. Mit voller Wucht, so dass Spike gegen die Wand geschleudert wurde. Völlig überrascht von der Reaktion schoss der Kleine wie der Blitz durch die Tür hinaus auf die Straße.

»Spike!«, riefen beide und rannten hinterher.

Einen Raum weiter stand Mikes Mutter bewegungslos. Starrte das Messer in ihrer Hand an und war nicht in der Lage zu verstehen, was da eben geschehen war.

Irgendwo durch die dicke weiche Decke, von findigen Geistern der Pharmazie um ihren Geist gelegt, drang ein Quietschen, dumpfe Schläge und ein scheppernder Aufprall.

Weil irgendwo in China ein Fahrrad umgefallen war.

Apple Valley nannten sie die Gegend. Aber vor dem Fenster sah man nur Staub und Steine. Man fühlte förmlich die Hitze, die über der Wüste draußen lag. Die Krankenzimmer des St. Mary wirkten kühl und waren klimatisiert. Ihr war nicht kalt und ihr verlangte nicht nach der Hitze. Trotzdem konnte sie den Blick nicht von dem wüsten Land dort draußen abwenden. All ihre Konzentration richtete sie auf das Land da draußen, als könnte sie dadurch der Wirklichkeit in diesem Raum entfliehen. Jeder Knochen im Leib schmerzte. Die gebrochenen Rippen stachen bei jedem Atemzug. Müde von dem grellen Licht dort draußen schlossen sich ihre Augen, doch nach einem kurzen Moment riss sie die Lider wieder auf. Wann immer sie die Augen schloss, dann sah sie diesen kleinen strubbeligen Hund. Wie er da saß und sie mit einem Ausdruck höchster Verwunderung ansah. Sie war ihm ausgewichen. Dann war da ein Schatten gewesen. Und ein Schlag gegen den Wagen. Noch ein Aufprall und etwas Großes, das gegen die Windschutzscheibe geknallt war. Der Airbag hatte ihr einen Schlag ins Gesicht versetzt, ein weit heftigerer Schlag in die Seite war gefolgt, dann war es schwarz geworden. Als sie die Augen wieder geöffnet hatte, war da der Kleine gesessen. Hatte sie angesehen, den Kopf schief gelegt. Voller Verwunderung. Hände hatten an ihr gezerrt. Blinkende Lichter, huschende Schatten, Dröhnen in ihren Ohren. Der Kleine war ganz still gesessen und ihre Augen hatten ihn fixiert. Jemand hatte mit ihr gesprochen, doch es war wieder schwarz geworden.

In dem weißen kühlen Zimmer war sie wieder zu sich

gekommen. Pat war da gewesen, Schwestern, Ärzte. Und wieder gegangen. Ein Polizist, der erzählte, dass irgendjemand tot war. Später ein Arzt, der Pat erklärte, dass ein Junge wohl für immer im Rollstuhl sitzen würde. Pat war gestanden in dem Zimmer, riesig und unbeweglich wie immer, seit sie ihn kannte. Ein Koloss von einem Mann. Ihr Mann. Immer wieder war er zu ihr gekommen, hatte mit ihr gesprochen, hatte ihre Hand gehalten, aber sie konnte sich an nichts von dem erinnern, was er gesagt hatte. Immer wieder war er aufgestanden, um mit anderen zu sprechen. Mit Ärzten, mit Schwestern, mit Polizisten. So still sie auch alle waren, so war doch immer Bewegung in dem Zimmer. Jedes Mal, wenn sie die Augen öffnete. Allmählich begriff sie, dass es einen Autounfall gegeben hatte. Zwei Männer, Vater und Sohn, hatte sie angefahren, bevor sie gegen eine Laterne geprallt war. Sie selbst hatte viele, aber keine schweren Verletzungen.

Bei dem Gedanken krampfte sie sich zusammen und kämpfte gegen die aufsteigende Übelkeit.

Das Baby! Ihr Mädchen!

Es war tot! Sie hatte es verloren! Oder würde es nicht bekommen können.

Hatte der Arzt das gesagt? Oder war Pat es gewesen?

Ihr Mädchen!

Nie würde sie es im Arm halten. Nie würde sie es in den Schlaf wiegen. Nie mit den kleinen Fingern, mit den kleinen Zehen spielen. Nie die kleine Nase küssen.

Der Arzt hatte gemeint, sie wäre noch jung. Aber es war ihr Mädchen, das sie bekommen sollte. Ihr ganz allein hätte es gehört! Ihrem Mädchen hätte sie all das gegeben, was sie selbst nicht bekommen hatte. All die Sachen, all die Kleider.

Ihr Mädchen!

Niemand durfte es ihr wegnehmen. Sie hatten kein Recht dazu!

Verkrampft und gebeugt saß sie da, presste die Handtasche wie einen Rettungsring gegen den Magen und kämpfte gegen die Übelkeit, während ihre Gedanken sich in immer engerem Kreis drehten und die Medikamente ihre Arbeit taten.

Sie durften ihr ihr Mädchen nicht wegnehmen!

Es brauchte sie. Sie musste bei ihm bleiben. Es war ja so klein, so hilflos. Noch nicht einmal geboren, und schon hatten sie es ihr weggenommen! All die Kleider, die sie sich ausgedacht hatte, all die Spiele.

Ihr kleines Mädchen brauchte sie! Sie durfte es nicht allein lassen! Sie gehörten doch zusammen!!

Hart presste sich das Metall durch die weiche Handtasche gegen ihren Magen.

Hart saß der Kloß von nicht geweinten Tränen in ihrem Hals. Ihr Mädchen brauchte sie. Ihr Mädchen rief! Rief nach ihr. Ganz leise hörte sie es. Niemand sonst würde es hören. Nur sie. Nur sie allein. Nur sie hörte es rufen. Sie durften ihr ihr Mädchen nicht wegnehmen!

Wieder meinte sie eine feine zarte Stimme zu vernehmen, während ihre Hand blind vor Tränen in der Tasche wühlte.

Mitten im Wort stoppte die Schwester und ließ die Finger über der Tastatur schweben. Ein Geräusch hatte sie aufgeschreckt, und langsam, als müsste sie sich dazu zwingen, hob sich ihr Blick und wanderte nach hinten in den Gang, zu den Zimmern. Das kurze heisere Bellen hatte ihr Blut gefrieren lassen. Sie kannte das Geräusch eines Schusses gut genug! Für einen kurzen Moment schloss sie die Augen, dann sprang sie auf und rannte nach hinten. Sie überlegte nicht einmal, instinktiv stürmte sie zu dem Zimmer mit der Frau, die bei einem Autounfall ihr Baby verloren hatte.

Niemand hatte in die Handtasche gesehen!

Wie sollten sie das dem Mann erklären?

Sie war die Erste in dem Zimmer, viele andere würden folgen. Doch mit einem Blick erkannte sie, dass es nicht notwendig gewesen wäre zu laufen. Hier gab es für Mediziner nichts mehr zu tun.

Weil irgendwo ein Fahrrad umgefallen war.

Viel zu laut!

Musik und Stimmen lieferten sich ein unendliches Gefecht ohne Sieger. Brocken harter Rhythmen wuchteten aus den Lautsprechern, dazwischen stachen schrille Rufe und hohes Lachen. Ab und zu flackerte das grelle Klacken der aufeinanderprallenden Hartplastikkugeln weiter hinten auf. Schmerzhafte Spitzen, die aus einem an sich schon qualvollen Dröhnen stachen.

Patrick O«Nell saß zusammengesunken auf dem Hocker an der Theke und wirkte selbst in diesem Zustand so riesig, dass niemand ihn anrempelte. Obwohl sich die Menschen dicht an dicht drängten. Die Bierflasche verschwand fast zur Gänze in seiner Pranke und doch wirkte es eher so, als würde sich der bleiche Kerl daran festhalten, um nicht zu fallen. Seine geröteten Augen starrten irgendwo ins Leere, und niemand hätte sagen können, wo er mit seinen Gedanken gerade war. Vielleicht bei seiner wunderschönen Frau, die sich nach einem dummen Autounfall selbst das Leben genommen hatte. Vielleicht bei seinem prächtigen Sohn, der so niemals geboren worden war. Vielleicht bei den Anwälten, die ihm eingeredet hatten, das Krankenhaus zu verklagen, und ihm all sein Geld abgenommen hatten. Auch seine kleine Dachdeckerfirma, die er mit seiner Frau und so viel Mühe aufgebaut hatte, war nicht zu halten gewesen. Alles, was ihm geblieben war, das war ein klappriger Campingbus, in den er gerade mal hineinpasste. Damit vagabundierte er jetzt von Baustelle zu Baustelle und versuchte über die Runden zu kommen. An sich war er ein gefragter Arbeiter. Lange vor allen anderen auf der Baustelle, konnte er schuften für drei. Lange nachdem alle anderen gegangen waren, arbeitete er noch immer. Bis er vor Erschöpfung nicht mehr konnte. Nicht mehr arbeiten, nicht mehr stehen, nicht mehr denken. Er machte kaum Pausen, hielt sich zumeist abseits und redete nicht viel mit den anderen Arbeitern.

Nur wenn der Wochenlohn kam, dann wurde es schlimm. Früher hatte er nie viel getrunken, jedoch war er mit der Zeit zu einer beachtlichen Übung gelangt. Und da er es im Campingbus mit all den Bildern seiner Frau nicht aushielt zu trinken, ging er in die Kneipen. Kaum hatte er das Geld der Woche in der Hand, schon war er betrunken. Doch auch betrunken wurde er nicht offener. Vielmehr schien er sich noch weiter in sich selbst zu verkriechen. Und niemand hatte Lust, den brummigen Riesen dabei zu stören.

Das Dröhnen in seinem Kopf verursachte nicht nur Kopfschmerzen, sondern inzwischen auch Übelkeit. Ihn verlangte nach frischer Luft und er rappelte sich hoch. Wieder schien es so, als wäre die Bierflasche mit der Theke verwachsen und der letzte feste Punkt in diesem Leben. Nicht nur, dass ein Sitz an der Theke frei wurde, veranlasste die Leute ringsherum, ihm Platz zu machen. Auch betrunken war er Ehrfurcht gebietend anzusehen. Doch wo immer er hinkam, gab es auch einen oder zwei Kerle, die meinten, sich an ihm beweisen zu müssen. Er langte einmal hin, vielleicht sogar ein zweites Mal, dann war die Sache erledigt und die Leute gingen ihm aus dem Weg. Ließen ihn in Ruhe. Erfüllten seinen sehnlichen Wunsch, mit sich und seinem Schmerz und seinen Erinnerungen allein zu sein.

Endlich vor der Tür, stützte er sich an der Hausmauer ab und versuchte einen klaren Gedanken zu fassen. Die Fuge zwischen den Fliesen unter seinen Füßen sah er überdeutlich. Sonst nahm er nichts um sich wahr.

Die beiden Polizisten im Wagen auf der anderen Straßenseite schoben sich den letzten Bissen des Donuts in den Mund und tranken den letzten Schluck Kaffee. Gemächlich wand sich der Jüngere aus dem Beifahrersitz, um die Schachtel und die Becher im Abfalleimer zu entsorgen. Dabei fiel sein Blick auf die schwankende Gestalt im Licht des Eingangs gegenüber.

»Den Typen vor Ruby«s kennst du doch«, meinte er, als er sich wieder in den Wagen setzte. Der ältere Polizist warf einen Blick hinüber. Die Gestalt war unverkennbar.

»Einer von den Wanderarbeitern«, meinte er kurz angebunden. »Wir hatten ihn mal auf der Station, weil er die Sanzes-Brüder verdroschen hatte. War aber ziemlich klar, wer den Streit angefangen hatte. Du kennst doch die Sanzes-Brüder?«

Jeder kannte die drei Sanzes-Brüder, und jeder in der kleinen Stadt ging ihnen aus dem Weg. Die Frage war so unnötig wie gemein.

Paul Ramires Sanzes auf dem Beifahrersitz schluckte die Bemerkung auf seiner Zunge hinunter und nickte nur. Die Spitze seines Sheriffs war keineswegs böse gemeint, und doch sollte der Alte nicht sehen, wie sehr sein junger Gehilfe an der Namensgleichheit mit den stadtbekannten Raufbolden litt.

»Sollen wir uns mit dem da drüben befassen?«, fragte er stattdessen und wies mit dem Kopf auf die andere Straßenseite.

»Es ist kein Verbrechen, besoffen zu sein.« Der Sheriff kratze sich wohlig, weil sein frisch rasierter Hals juckte. Danach meinte er, ein wenig leiser: »Ein Kerl wie der hat wahrscheinlich seinen Grund, besoffen zu sein. Roseman soll aber sehr zufrieden mit ihm sein, als Arbeiter.«

Für einen Augenblick saßen die beiden Polizisten schweigend, hingen ihren Gedanken nach, was einen Mann wie den dort drüben wohl aus der Bahn geworfen haben konnte, und sahen zu.

Patrick O«Nell tastete sich langsam die Wand entlang. Weg vom Eingang zu Ruby«s Diner and Bar. Nicht weil er wegwollte. Nicht weil er irgendwohin wollte. In seinem Leben gab es kein Ziel mehr. Trotzdem entwickelte der vergiftete Körper ein Eigenleben und bewegte sich. Vielleicht auch nur, weil das Schwanken in der Bewegung leichter auszuhalten war als im Stillstand. Dann war die Mauer zu Ende und ein riesiges schwarzes Loch klaffte vor ihm auf. Die Seitengasse zwischen den Häuserzeilen war gerade mal fünf Schritte breit. Abfallcontainer und Sperrmüll warteten an den Wänden, aber es gab kein Licht. Blöde stierte er in die Finsternis und schien zu überlegen, wie er die Kluft ohne Halt überwinden konnte. Ein Licht in der Gasse flammte auf und erlosch wieder. Der Hintereingang zu Ruby«s, doch weder wusste er es, noch interessierte es ihn. Er nahm all seine Kraft zusammen, löste sich von der Mauer und machte den ersten Schritt in den freien Raum. Das war einfacher, als er gedacht hatte. Tief atmete er durch. Er begriff die unterdrückten Geräusche aus der Gasse nicht, bemerkte sie kaum. Er konnte nichts erkennen, weil es dunkel war und weil vor seinen Augen alles schwamm. Seine große Gestalt straffte sich, als er versuchte zu erkennen, was dort war. Im Schein der Straßenlaterne vor der Finsternis war er deutlich zu erkennen, dahinter war sattes Schwarz. Eine Frau? War das dort seine Frau?

Auch wenn der Mann im Wagen eine Uniform trug, so lebte er seit Jahren auf der Straße. Und diese langen Jahre hatten seinen Instinkt geschärft. Sonst war da keine Begründung, warum der Sheriff sich aus dem Wagen schwang. Oder warum er nach der Pumpgun griff, die er sonst nie zur Hand nahm. Der junge Deputy folgte ihm über die Straße, die Hand an der Waffe. Verwundert, aber ohne zu fragen.

Den ersten Schatten fegte Patrick O«Nell einfach zur Seite. Doch der Schwung war zu groß für seine unsicheren Beine, darum stolperte er in die andere Richtung und krachte gegen einen Stapel Gerümpel. Etwas von dem Müll stach in seinen Rücken und er fühlte es warm rinnen, doch er nahm es nicht wahr. Zwei Schatten hielten einen dritten, strampelnden in der Mitte. Irgendwie sah Patrick das helle Fleisch von Brüsten, dann blitzte etwas anderes auf und hackte nach ihm. Er fühlte etwas Stahlhartes, das an einer Rippe entlangschrammte und dann tiefer drang.

Grelles Licht.

Zwei Lampen erfassten eine halbnackte, sich heftig

wehrende Frau, die von zwei Männern festgehalten wurde. Davor ein dritter Mann. Mit einem Messer in der Hand. Gerade stach er noch einmal zu und traf noch einmal den großen Mann vor sich in die Brust.

Patrick O«Nell fühlte keinen Schmerz. Da war eine nicht unangenehme Hitze in seiner Brust und irgendwie wurde ihm leicht. Er taumelte herum und stolperte gegen das Licht. Er fühlte nicht, wie sein schwerer Körper fiel und den Sheriff umriss.

Dort, am anderen Ende der Gasse, im hellen Licht, dort stand seine Frau!

Er hörte nicht, wie die Waffe in der Hand des Sheriffs sich bei dem Aufprall am Boden donnernd entlud.

An der Hand hatte sie ein Kind. Und sie winkten ihm zu!

Er sah nicht, wie die Schrotladung die Brust des jungen Deputys zerriss und ihn in den Müll schleuderte.

Ihm war so leicht, dass er auf die Frau zuflog, die er liebte über alles. So leicht, dass er die vielfältigen Schreie um sich herum und das Chaos gar nicht bemerkte.

Weil irgendwo irgendetwas umgefallen war.

Obwohl der Tag heiß gewesen war, so hatte der Abend doch ein Einsehen und zeigte sich erstaunlich kühl. Man fröstelte, wenn auch nicht nur wegen des Wetters. Rund um das offene Grab hatte sich eine erstaunliche Menschenmenge angesammelt. Der Tod holt die Besten zuerst, sagte ein texanisches Sprichwort. Das kam dem jungen Mann gerade eben in den Sinn. War sein Bruder wirklich einer der Besten gewesen? Vielleicht war er nicht gerade einer der Hellsten gewesen. Vielleicht war er selbst ja auch nicht einer der Hellsten. »In der Blüte seiner Jugend«, hatte der Pastor gesagt. Er war gerade mal zwei Jahre älter als sein toter Bruder, aber er kam sich so gar nicht jung vor. Gerade heute nicht. Aber auch sonst eigentlich nicht. Seine Mutter neben ihm schluchzte nur noch leise, gestützt von seiner Schwester. Daneben stand sein Vater. Stumm, bewegungslos, mit geröteten Augen. Ein ganz klein wenig bewunderte Josef Paolo Sanzes seinen Vater dafür. Obwohl in den letzten beiden Tagen ein Bekannter nach dem anderen gekommen war, stand er ohne zu schwanken. Es war ein eigenartiges Ritual. Die Frauen verschwanden in der Küche, um vor sich hin zu weinen. Die Männer saßen stumm im Wohnzimmer und tranken. Er war gestern Abend endlich angekommen und trotzdem brannte sein Magen. Über zweitausend Meilen waren es gewesen. Eigentlich studierte er in Austin, aber weil er ein Stipendium erhalten sollte, schnupperte er jetzt seit einem Monat in Harvard. Wie stolz waren seine Eltern gewesen! Wie hatte sich sein kleiner Bruder gefreut! Und kaum war er ein paar Wochen weg, ließ sich der Dummkopf umbringen.

Nein!

Josef biss sich auf die Lippen und sah weg von dem Grab zu dem Mann, der ein wenig abseits stand. Als sich die Menge endlich verlief, die Frauen sich zusammenrotteten, um zu tratschen, und die Männer, um weiterzutrinken, ging er hinüber zu ihm.

Es war schon ungewöhnlich, dass er keine Uniform trug, doch als Josef ihn deutlicher sah, erschrak er. Jung war er ja noch nie gewesen, in Josefs Erinnerung, aber dieser Mann schien in den letzten Tagen um Jahre gealtert zu sein.

»Hallo Sheriff«, grüßte er, als er endlich bei ihm ankam. Der Mann wirkte so viel kleiner und zerbrechlicher, als Josef ihn in Erinnerung hatte. Ja beinahe schien es, als würde er den Kopf einziehen, während er den großen dunkelhaarigen Mann aus seinen verschwollenen Augen anblinzelte.

»Nichts mehr mit Sheriff! Sie wissen, dass ich den Job zurückgelegt habe, Mister Sanzes.« Er studierte die langsam angebotene Hand einen Augenblick, dann griff er zu und schüttelte sie.

»Für mich werden Sie immer der Sheriff bleiben.« Fast grinste Josef. »So wie ich mich in ihrer Gegenwart immer als ›kleiner Joe‹ fühlen werde.«

Der alte Mann ließ die Hand los und starrte wieder zu dem Grab.

»Die Zeiten sind vorbei! Was ich getan habe, das ist geschehen und ist nicht mehr gut zu machen. Aber ich muss die Konsequenzen daraus ziehen.«

»Sie haben viele Jahre der Gemeinde gute Dienste erwiesen. Sie haben alles Recht, sich auszuruhen. Es sollte nur nicht so sein.«

Der alte Mann warf einen Seitenblick auf den großen jungen und grinste unmerklich.

»Ich dachte, du studierst Wirtschaft. Oder lehren sie jetzt an der Ostküste lieber Politik?«

Josef leistete sich ein kurzes Grinsen.

»Ich wollte nur, dass Sie wissen, dass ich weiß – dass es – ein Unfall war«, sagte er, und es kam gar nicht sicher über seine Lippen. Es war ehrlich. Und er erntete dafür ein dankbares Blitzen aus den roten Augen, was für einen texanischen Sheriff das Höchste der freundlichen Gefühle war, was er sich zu zeigen erlaubte. Darum antwortete er auf diese Erklärung auch schroff:»Meine Tat, meine Verantwortung. Das kann mir niemand abnehmen.«

Sein Blick wanderte dabei an dem jungen Mann vorbei zu einem anderen, der in ihre Richtung kam. Ein riesiger Mann, dessen dünne Glieder scheinbar ziellos herumbaumelten. Nur ein deutlicher Bauch schien ihn in Richtung zu halten. Der dunkle Anzug wirkte wie für einen anderen Mann gemacht und nirgends zu passen. Dazu trug er seinen unvermeidlichen Stetson und Stiefel. Er bot ein eigenartiges Bild für Menschen, die ihn nicht kannten. Dabei wäre man nicht allzu falsch gelegen, wenn man behauptet hätte, Aron C. Roseman gehörte die Stadt und das Land drum herum. Two Star war mit Abstand die größte Ranch im Umkreis. Dazu waren die Rosemans seit Generationen die Präsidenten der örtlichen Bank und auch sonst fest in der Gemeinde verwurzelt. Und nicht zuletzt war er Bauunternehmer. Trotzdem war es für keinen verwunderlich, dass er bei dem Begräbnis des jungen Deputys auftauchte und kondolierte.

»Mister Roseman«, begrüßten ihn die beiden Männer.

»Sheriff«, antwortete er und ergriff die Hand des alten Mannes. Der brummte etwas, doch die lange Gestalt schüttelte energisch den Kopf. »Für mich werden Sie der Sheriff bleiben, auch wenn Sie den Stern abgelegt haben.«

»Das hat Mister Sanzes auch gemeint, aber so einfach ist das nicht.«

Roseman wand sich um und sah auf den jungen Mann. »Joe Sanzes«, meinte er und streckte die Hand aus. »Auch Ihnen mein Beileid zu Ihrem Verlust.«

Josef ergriff die Hand und erwiderte den kurzen festen Händedruck.

»Ein Verlust, ja, natürlich«, antwortete er dabei. »Aber ich habe gerade versucht, dem Sheriff zu erklären, dass ihn keine Schuld trifft. In meinen Augen. Und dass ich seinen Rücktritt als überzogen empfinde.«

»Das sehen die meisten Mitglieder der Gemeinde ebenso«, fügte Roseman hinzu und wandte sich wieder dem alten Mann zu. Doch der schüttelte energisch den Kopf.

»Schuld ist eine Sache! Aber es war meine Verantwortung, dass zwei Männer starben. Und davon kann mich niemand entbinden.«

»Liegt er da drüben?«

Roseman schwenkte den Kopf auf dem langen Hals herum und in die Richtung eines einfachen, frischen Grabes. Automatisch setzten sich die drei Männer in Bewegung und gingen hinüber.

»Patrick O«Nell aus San Diego, Kalifornien«, meinte der ehemalige Sheriff. »Zweiunddreißig Jahre, keine Familie. Danke, dass Sie für das Begräbnis gesorgt haben, Mister Roseman.«

»Er war einer meiner Arbeiter«, erklärte die lange Gestalt und nahm den Hut ab, um sich am Kopf zu kratzen. »Und er war ein verdammt guter Arbeiter. Zumindest solange er nüchtern war.«

»Seine Frau hat sich vor etwas mehr als einem Jahr selbst erschossen. Nach einem Autounfall, bei dem ein Mann getötet und ein Junge schwer verletzt wurde.«

Weder der große junge noch der dünne ältere Mann sagten etwas darauf. Es erklärte alles und nichts.

»Ich hab gehört, Sie gehen nach Harvard, mein Junge«, wechselte Roseman das Thema. »Ist Ihnen Austin nicht mehr gut genug?«

Josef Sanzes hörte den gutmütigen Spott in der Stimme und war sich durchaus klar darüber, dass ohne Rosemans kräftiger Unterstützung der örtlichen Schulen er es niemals auch nur bis ans Collage geschafft hätte.

»Natürlich sind die Lehrer in Harvard besser, es ist ja auch teurer.« Er grinste. »Aber so viel besser kann es gar nicht sein, wie es teurer ist. Gut, das Angebot an Kursen ist größer. Vor allem aber sind es die Verbindungen, die man knüpfen kann. Das ist unbezahlbar. Und wenn man das Angebot bekommt, dort mitzumachen, wäre man schön dumm, es abzulehnen. Angeblich reicht es schon, den Ring zu tragen, um zu Leuten zu kommen, die einen sonst keines Blickes gewürdigt hätten.«

Roseman nickte und hakte die Daumen hinter die große Gürtelschnalle. Josef hätte nicht sagen können warum, aber irgendwie wirkte Roseman auf seine Erklärung hin nicht so wirklich erfreut. Ja, ihm selbst kam es jetzt, wo er es aussprach, irgendwie falsch vor.

»Wie sieht es mit den Sanzes-Brüdern aus?«, fragte der lange Mann nach einer Pause.

»Wir haben Manolo und Manuel«, erklärte der Sheriff ernst und vergaß völlig, dass er eigentlich zurückgetreten war. »Aber den beiden können wir gerade mal versuchte Vergewaltigung vorwerfen. Miguel werden wir auch bald haben. Er war es, der zugestochen hat.«

»Aber?«, fragte Roseman nach dem Unausgesprochenen.

»Mary Coal war früher mit Miguel zusammen. Dann hatte sie seine Art satt und hat ihn abserviert. Es könnte sein, dass Miguel ihr auflauern wollte, weil sein Stolz gekränkt war, und dass O«Nell zufällig in die Party geplatzt ist. Würde sich bei einer Mordanklage für Miguel gut machen. Andererseits hatten die Sanzes-Brüder schon früher einen Zusammenstoß mit O«Nell, der für sie gar nicht gut ausgegangen ist. Sie könnten ihm auch aufgelauert haben, um Rache zu nehmen, und es war Mary Coal, die nur zufällig hineingeraten ist. Dann wäre es vorsätzlicher Mord. Obwohl «

»Obwohl?« Wieder musste Roseman nachhaken, weil der Sheriff in Gedanken das einfache Grab anstarrte.

»Die wirklich tödliche Wunde hatte O«Nell im Rücken«, seufzte der alte Mann. »Als er gegen den Sperrmüll taumelte, stach er sich eine spitze Latte in die

Lunge. Dabei wurde eine Ader zerrissen. Er ist eigentlich innerlich verblutet. Miguels zwei Stiche waren nur noch Zugabe.«

»Trotzdem geschahen sie in der Absicht zu töten«, fügte Josef Sanzes auf einmal hinzu und erntete die überraschten Blicke der beiden Männer. »Mit seinen Vorstrafen sollte es für die Jury genügen, den Kerl für einige Zeit hinter Gitter zu stecken.«

Die beiden älteren Männer sagten nichts und der junge sah sie nicht an. Er sah zu dem einfachen Grab eines fremden Mannes. Er dachte daran, wie toll Austin gewesen war. Wie aufregend Harvard war. Und Marylin war dort, ach ja, Marylin! Er sah auf das Grab dieses Mannes, den er nie getroffen hatte, und etwas glitt wie ein Mantel von seinen Schultern, etwas, das ihn irgendwie seit einiger Zeit bedrückt hatte, und er atmete tief durch.

Roseman gehörte dieses Land, und doch förderte er die Menschen, wo es nur ging. O«Nell hatte sein Leben gegeben, um eine Frau zu beschützen, die er noch nie gesehen hatte. Sie alle, auch der Sheriff, gaben etwas zurück an die Gemeinschaft, in der sie lebten.

Auf der anderen Seite war Marylin. Wirtschaft und Recht, internationale Beziehungen, das große Geld, das tolle Leben – mit einem Mal war diese Zukunft gar nicht mehr so interessant.

»Sheriff«, meinte er und drehte sich herum, »wie wird man eigentlich Polizist?«

Etwas war umgefallen.

Sie klappte den Laptop zu und starrte in das dunkle Zimmer. Biss sich auf die Lippen, weil ihre Augen brannten, und verfluchte den Erfinder des E-Mails. Einen Brief konnte man zusammenknüllen, mit aller Kraft ins Zimmer schleudern, darauf herumtrampeln, und vielleicht war einem danach leichter. Stattdessen nahm sie das Foto von der Ablage neben ihrem Bett und zerriss es. Immer weiter, immer kleiner wurden die Stücke, bis die gepflegten Nägel schmerzten und sie die winzigen Fetzen nicht mehr halten konnte.

Idiot, blöder!

Arschloch!!

Wieder schluckte sie heftig und atmete tief durch. Nein, sie würde nicht heulen! Nicht wegen diesem texanischen Schrumpfkopf!

Eigentlich sollte sie ihm antworten. Irgendwas Gemeines, Böses, etwas Eiskaltes. Aber schon der Gedanke daran drückte die Tränen wieder in ihre Augen hoch.

So ein verdammter Idiot! Statt hierher zurückzukommen, wollte er auf einmal zur Polizei. Er ließ Harvard sausen! Harvard!! Und er ließ sie hier allein sitzen! Wie blöd konnte einer sein?? Und die Bullen schickten ihn – natürlich – nach Quantico, und er bestand – natürlich – alle Tests zum FBI-Agenten und um an der FBI-Academy zu studieren. Na ja, noch nicht alle. Die ersten beiden Testphasen seien positiv gewesen, hatte er voll Freude geschrieben, der Fitness- und der Gesundheitstest waren ebenfalls okay, nur das Hearing war noch offen. Aber da ging es nur noch um die Richtung seiner

Ausbildung im FBI Center. So voller Freude, so voller Enthusiasmus musste er ihr das alles erzählen, dass sie ihn gleich noch viel mehr hasste. Wie konnte er es wagen, nicht zu ihr zurückzukommen? Sie konnte rauslaufen, sich ins Auto setzen und würde in acht Stunden bei ihm sein. Sie könnte ja sagen, sie wäre auf dem Weg zu ihrer Familie in New Haven gewesen und hätte ihn bei dieser Gelegenheit besuchen wollen. Dumm nur, dass New Haven nicht mal die Hälfte der Strecke war. Wie konnte jemand nur auf die Idee kommen, ein volles Stipendium für Harvard sausen zu lassen? Nicht mal ihr wäre das eingefallen, wenn sie jemals eines angeboten bekommen hätte. Und ihre Familie hatte nun wirklich Geld genug!

»Josef P. Sanzes, du bist ein verdammter Idiot!«

Laut sagte sie es in den Raum und fühlte sich auch nicht besser. Dafür sah jetzt vom anderen Ende ihr Spiegelbild herüber und sie meinte doch tatsächlich einen fragenden Blick zu sehen. Mit beiden Händen griff sie in ihre Haare und hob die verdrückten platinblonden Locken, damit sie fülliger aussahen und gleichmäßiger fielen. Eine unbewusste Handlung und völlig sinnlos. Sie war nicht frisiert, sie war nicht geschminkt, sie war nicht angezogen. Sie saß allein zu Hause herum und grübelte. Nur das Licht von den Laternen auf dem Campus erleuchtete den Raum. Wieder besah sie sich in dem großen Spiegel und zog einen Schmollmund. Oft geübt und immer wirkungsvoll. Nicht umsonst hieß sie Marylin, und erfolgreich pflegte sie das Image der Monroe. Nicht dass sie es nötig gehabt hätte. Sie war immer im Mittelfeld ihres Jahrgangs, aber es hatte sich zu einem kitzelnden Spiel entwickelt. Und es hatte sich immer als durchaus hilfreich erwiesen, dass Männer besser sehen als denken konnten.

Wenn es das war, was sie wollte, dann musste sie nur einen Schritt durch die Tür machen. Sie hatte alles, was sie wollte. Sie bekam alles, was sie wollte.

Und es war langweilig.

Sie schob den Laptop von ihren Schenkeln, stand auf und stellte sich vor den großen Spiegel.

Dieser Texaner schien so verrückt nach ihr zu sein wie all die anderen Kerle auch. Trotzdem war es mit ihm immer irgendwie anders gewesen. Er schien sich nicht für ihre Familie und ihr Geld zu interessieren. Das hatte sie überrascht, denn selbst die Jungs aus weit reicherem Hause hatten ihre Aufgaben gemacht und fein säuberlich gewusst, wie viel Geld ihre Familie hatte. Wo die wichtigen Leute saßen und wo die Leichen begraben lagen. Nicht, dass man darüber sprach, Gott bewahre. Vielmehr versuchte man unter seinesgleichen zu bleiben. Je höher der Stand, desto höher der Dünkel. Dieser Texaner mit den großen harten Händen und dem offenen Lachen war anders. Vielleicht fiel es ihr deswegen so schwer, ihn in die Wüste zu schicken. Also für ihn irgendwie nach Hause. Sie grinste still und freudlos. Natürlich hatte er nichts von Trennung gesagt. Er war ein Mann und viel zu naiv, um zu begreifen, dass Fernbeziehungen nie halten konnten. So was gab es in Filmen, dort konnte man die Wochen und Monate dazwischen in Sekundenschnelle überspringen. Im wirklichen Leben funktionierte das nie. Fakt war, dass er diese dumme Idee mit dem Polizeidienst vorzog. Ihr vorzog! Und das ging gar nicht! All diese widersprüchlichen Gefühle in ihrem Herzen und in ihrem Bauch machten sie noch völlig verrückt!

Lag es daran, dass er etwas anderes ihr vorzog oder war er für sie doch mehr als nur ein netter Zeitvertreib gewesen?

Sie selbst war sich darüber nicht klar und dachte nicht einmal darüber nach. Irgendwie verlief ihr Leben viel zu verworren und war ihr selbst doch viel zu gleichtönig und langweilig. War er schwieriger zu kontrollieren und forderte sie damit heraus oder war er schlicht und einfach genau der Gegenpart, den sie brauchte?

Nur zu deutlich fühlte sie die kribbelnde Unruhe an sich hinaufklettern und ihre Muskeln nervös zucken. Irgendetwas musste sie jetzt tun, sonst würde sie platzen! Sie konnte sich in ihre Trainingsklamotten werfen und eine Runde laufen. Aber der Gedanke, allein durch den nächtlichen Campus und den Fluss entlangzutraben, war nicht sehr verlockend. Ausgehen war auch nicht mehr drin. Dazu war es eigentlich zu spät, und da war niemand, den sie anrufen konnte.

Niemand?

Mit einem Schritt war sie wieder bei dem Bett und klappte den Laptop energisch auf. Am anderen Ende des Kontinents war es noch nicht so spät. Und die beste aller Freundinnen würde sicherlich noch nicht schlafen. Eigentlich war es eine Frechheit, dass die Freundin hier alles hingeschmissen hatte und nach Berkeley gegangen war. Auch sie war aus Harvard weggegangen!

Nächtelang waren sie gesessen und hatten Pläne für ihre Zukunft gewälzt. Nächtelang hatte ihre Freundin sie bekniet, doch mit ihr zu kommen. Weil Kalifornien, und gemeinsam, und überhaupt.

Marylin hatte die erste Anfrage ins Chatfenster getippt und war dabei immer langsamer geworden. Einen Atemzug lang überlegte sie, dann löschte sie das bereits Geschriebene und tippte einen neuen Satz.

»Wie stelle ich es an, dass ich am schnellsten auch von hier weg und zu dir an die CAL komme?«, schickte sie per Glasfaser quer durch den Kontinent.

Noch gestern hätte sie jeden für verrückt erklären lassen, der behauptet hätte, sie würde das altehrwürdige Harvard jemals verlassen.

Heute war alles anders.

Es gab ein leise knirschendes Geräusch, als der Kugelschreiber nachgab und die Bruchlinien um den Schraubverschluss sich zeigten. Der Mann am Fenster biss sich auf die Lippe, aber nicht, weil die blaue Füllung auf seine Hand ran. Das fühlte er nicht. Er fühlte auch nicht den kalten harten Griff des Fensters, den er mit der anderen Hand hielt. So fest, dass die Knöchel weiß hervortraten. Alles in ihm krampfte sich zusammen und wurde hart wie ein Fels, der ihm die Luft zum Atmen zu nehmen schien.

Er begriff alles. Er begriff gar nichts mehr.

Wie konnte sie nur!?

Der beständige Nebel in der Bay war kurzzeitig wieder hinüber nach San Francisco gewichen und gab das Campusgelände von Berkeley für die Sonnenstrahlen frei. In diesen Sonnenstrahlen musste sie vor seinem Gebäude über den Rasen gehen! Das rote Kleid mit den weißen Punkten spielte um ihren perfekten, gut gerundeten Körper. Die hellblonden Haare tanzten und spielten mit dem Wind. Nur sie trug Retro der Fünfzigerjahre. Nur sie hatte den Mittelweg gefunden zwischen den knabenhaften Mädchen, die jede freie Minute beim Sport verbrachten, und denen, die sich von Schönheitschirurgen aufblasen ließen. Bei ihr schien alles so natürlich, so frisch, so ehrlich zu sein. Als eine Wiedergeburt der Monroe erschien sie ihm, obwohl er gerade mal einen der alten Filme gesehen hatte.

Marylin war einfach perfekt. Es gab keinen anderen Ausdruck dafür. Es gab keine Nacht, in der er nicht von ihr träumte und danach mit klebrigen Schenkeln aufwachte. Es gab keine Minute, in der er nicht an sie denken musste, ja es gab keine Arbeit, die er nicht unterbrechen musste. Weil er nicht anders konnte, wenn er sie sah. Das Lachen auf den roten weichen Lippen, die Brüste sich gegen den beengenden Stoff der Bluse drückend, die weichen nackten Schenkel, gestreichelt vom wehenden Kleid. Er fühlte den unbeschreiblichen Drang in seinem Unterleib und wollte wieder loslaufen. Und krallte sich doch an das Fenster.

Neben ihr ging ein großer dunkler Kerl und sie schien noch mehr zu strahlen als sonst. Ein Polizist sollte er sein, so wurde unter der Hand erzählt, aber Sohagura hatte das niemals geglaubt. Es durfte keinen Mann in ihrem Leben geben! Das war unfair. Sie sollte ihm gehören, ihm ganz allein. Auch wenn er es bisher gerade zwei Mal geschafft hatte, sie anzusprechen. Immer war sie freundlich, immer liebenswürdig, immer zurückhaltend. Seinen Eltern würde sie gefallen. Dabei wollte er sie doch nur anfassen. Sie festhalten. Ganz fest. Sie immer und immer wieder drücken, all das weiche weiße Fleisch. Bis die roten Male seiner Finger sich darauf abzeichneten. Und dann würde er die vollen Schenkel packen, hart, hart zupacken und so weit es nur ging auseinanderdrücken. Schreien würde sie vor Lust.

Es war so weit!

Er stürmte aus dem Zimmer und in die Toilette. Erst dort entdeckte er, dass seine rechte Hand voll blauer Farbe war. Also befriedigte er sich mit der linken. Das war nicht so gut. Missmutig betrachtete er das schlaffe

Fleisch in seiner Hand und die weißen Spritzer in der Muschel.

Es ekelte ihn an! Es war krank, schlichtweg krank! Früher war es nur manchmal bei einem Mädchen so gewesen, das er zufällig getroffen hatte. Damals ging er noch hin und wieder mit Mädchen aus, aber er verbrachte den größten Teil seiner freien Zeit bei Internetpornos. Später war da nur noch das Internet. Es war schneller und einfacher zu bekommen. Und vor nicht ganz zwei Monaten war dann sie aufgetaucht. Marylin! Nicht, dass sein Pornokonsum zurückgegangen wäre, nein, er tat es noch öfter, weil dazwischen immer wieder sie in seinen Kopf kam. Gemischt mit den Bildern aus dem Internet.

Sein Genital schmerzte und die Befriedigung war ungenügend gewesen. Zu kurz, zu schnell, zu dumm. Einfach krank!

Wie oft hatte er sich schon vorgenommen, es nicht mehr zu tun, und wie oft hatte er es trotzdem getan?

In diesen elend langen Minuten nach einer Ejakulation wünschte er sich nichts mehr, als endlich damit aufhören zu können. Er ekelte sich vor sich selbst und vor seiner Dummheit. Und wusste doch, dass er es wieder tun würde.

Vorsichtig zog er die Hose hinauf, um keine Flecken von der blauen Farbe zu bekommen. Ließ das Wasser mehrmals in die Muschel laufen. Lange, so wie das heiße Wasser am Waschbecken, um den Schmutz abzubekommen. Aber das wäre zu einfach gewesen. So einfach ging das nicht ab. Und Sohagura meinte damit nicht nur die blaue Farbe des Kugelschreibers.

Inmitten des langwierigen Rituals von Einseifen, Waschen, Abspülen und Einseifen sah er plötzlich auf und sein Spiegelbild einen Augenblick mit geweiteten Augen an. Dann schlüpfte ein leiser Fluch aus seinem Mund und er stürmte zurück ins Labor.

Die Tür zum Klimaschrank stand noch offen! Die ganze Zeit, seit er die ersten Proben herausgenommen hatte. Das Warnlicht blinkte, aber er hatte nicht darauf geachtet.

Schnell schloss er die Tür und starrte auf die Schälchen mit den Proben hinter dem dicken Glas, als könnte er sie damit davon abhalten zu sterben. Der Professor würde ihn umbringen. Er würde ihn feuern, und seine Abschlussarbeit konnte er vergessen. All die Jahre als Assistent waren vergeudet.

Die runden Schälchen mit der bräunlichen Paste am Boden standen da wie immer und schienen ihn doch vorwurfsvoll anzustarren. Oder anzugrinsen.

Noch einmal öffnete er den kleinen Schrank, um die beiden Schälchen vom Tisch hineinzustellen. Zuvor hatte er sie entnommen, um die Zellkulturen zählen zu können. Doch jetzt legte er stattdessen den Kopf gegen den Schrank und schloss die Augen. Tief atmete er durch und riss sich zusammen.

Das war nicht die erste Studie, an der er teilnahm. Und als erste Lektion lernte man, dass man Studien so hinzubiegen hatte, dass sie dem Auftraggeber gefielen und er bezahlte. Oder nicht das gewünschte Ergebnis in einer Art und Weise brachten, auf dass er neue Studien bezahlte. Eine ergebnislose Studie mehr oder weniger würde niemanden aufregen, zumal von diesen Studien nie jemand erfahren würde. Alles, was er tun musste, war nichts zu tun. Die Klimaschränke waren uralt und zeichneten kein Protokoll auf. Niemand würde es je erfahren. Er musste einfach nur so weitermachen wie bisher. Zellkulturen zählen, um dahinterzukommen, dass sich die Stämme doch nicht vermehrten und dass es zwar ein hehrer Versuch gewesen war, das Downsyndrom in seiner Frühform zu beeinflussen und ein Fortschreiten der Entwicklung der geschädigten Kinder zu ermöglichen, aber dass es halt doch nicht geklappt hatte. Außerdem, das Klimagerät war wirklich ein uraltes Teil. Vielleicht funktionierte es sowieso nicht mehr richtig, versuchte er sich selbst zu überzeugen.

Sohagura kannte niemanden mit dem Downsyndrom oder eine Familie mit einem Kind, das daran litt. Ihm war es egal. Seinen Professor würde das schwerer treffen. Für den war der Kampf gegen diese Genveränderung eine persönliche Angelegenheit und er war sich so sicher gewesen, ein Heilmittel oder zumindest einen Weg zur Verbesserung der Lebensumstände für diese Menschen und deren Angehörige gefunden zu haben.

»Pech gehabt«, dachte Sohagura und schob die Konsequenzen aus seinen Gedanken. »Vielleicht hat ein anderer mehr Glück.«

Warum hatte dieses Mädchen auch ausgerechnet jetzt nach Berkeley kommen müssen?

Breit grinste der Mann vor sich hin, als er mit seinem Wagen endlich aus dem Universitätsgelände auf den Freeway in Richtung Oakland Bridge gebogen war.

Noch einmal schnaubte er tief durch und konnte es noch immer nicht richtig fassen.

Die Bay ließ er rechts liegen und fuhr weiter Richtung Süden. Irgendwo dort draußen lag das Gebäude mit seinen Büros und seinen Leuten. Sein ehemaliges Gebäude, verbesserte er sich. Jetzt würde er ein sehr viel größeres Gebäude brauchen.

Es war wie ein Wunder!

Wenn er ehrlich war, dann musste er zugeben, dass er nicht mehr damit gerechnet hatte, den Forschungsauftrag zu erhalten. Für einen ganz kurzen Augenblick überlegte er, ob nicht sein stiller Teilhaber da ein wenig nachgeholfen hatte. Es war schon zu eigenartig, dass der alte Professor in seinem jahrelangen Kampf gegen das Downsyndrom plötzlich alles hinwarf, sich in den Ruhestand zurückzog und ein großer Brocken des Forschungsbudgets frei wurde. Nur weil auch die letzte Studie ein Schlag ins Wasser gewesen war. Gut, die sorgfältig zusammengestellten Zahlen des Assistenten bewiesen eindeutig, dass die Zellproben niemals wirklich reagierten, auch wenn es anfangs ein paar Erfolge gegeben hatte. Aber deswegen alles hinzuschmeißen? Nun, der Professor war ein alter Mann und das Komitee von Berkeley hatte ihm wahrscheinlich auch nahegelegt, den aussichtslosen Kampf endlich zu beenden und so neuen Ideen Raum zu geben.

Gut möglich, dass sein stiller Teilhaber da doch ein wenig auf das Komitee eingewirkt hatte. Schließlich reichten seine politischen Beziehungen bis weit in die amerikanische Politik, auch wenn er Engländer war. Der alte Mann war weg vom Fenster und sie kamen endlich zum Zug. Das war ein ordentlicher Schub für sein Unternehmen. Und mit dem nun bestehenden Mehrwert des Unternehmens und den rosigen Aussichten in die Zukunft sollte es durchaus möglich sein, dass sein Partner endlich einen Sitz im englischen Parlament erhielt.

Der Mann überholte einen klapprigen Pick-up mit zwei verhungerten Hunden auf der Ladefläche und grinste vor sich hin.

Ja, jetzt war eine ordentliche finanzielle Unterstützung für ihn nicht nur angebracht, sondern auch möglich. Schon viel zu lange hatten sie sich abgemüht und versucht, Forschungsgelder zu bekommen. Als unter Trump viele Stellen ihre Forschungsgelder aus Krebs und AIDS abzogen, um sie auf mehr amerikanische Interessen zu verschieben, da hatten sie sich schon einen Teil des Kuchens geholt. Aber der Topf von Berkeley war eine ganz eigene Kategorie. Nicht zu vergessen auch das Ansehen, das er damit gewann. Ein Vertrag mit der CAL zog unweigerlich andere Kunden nach sich. Studien wurden immer gebraucht. Je mehr, je besser. Es müsste schon mit der Hölle zugehen, wenn sein Partner damit nicht genug Geld hatte, um es ins Parlament zu schaffen. Jetzt, nachdem so vieles anders war. Er brauchte dringend ein neues, größeres Gebäude. Und Leute. Einen ganzen Haufen neuer Leute. Kurz streifte ihn der Gedanke, ob er nicht auch den jungen Assistenten des alten Professors gebrauchen konnte. Der junge Mann hatte sich als äußerst pfiffig erwiesen. Aber der Gedanke verschwand ebenso schnell, wie er gekommen war. Der Junge war Asiate und er vertraute nun mal keinem Kuli, auch wenn dessen Familie vielleicht schon seit Generationen in den Staaten lebte. Er war Patriot. Und darum vertraute er keinem asiatischen Kuli, keinem dumpfen Nigger und keinem diebischen Latino. Ja, Trump hatte sicher recht gehabt, als er sie alle potentielle Verbrecher nannte. Aber lieber dachte er an die Augen, die sein alter Kumpel George machen würde, und wunderte sich, wie schnell die Welt sich ändern konnte.

Georges C. Burns trat bedächtig durch das hohe Portal und schritt ebenso bedächtig weiter. Ja, geradezu andächtig war er.

Das britische Parlament war eine der ältesten Institutionen dieser Welt. Und er war nun Teil davon. Und nicht nur irgendein kleines Rädchen. Seine Wahl hatte für Schlagzeilen gesorgt. Nicht nur bei den ultraliberalen, schwulen Schmierfinken des Guardian, die Zeter und Mordio geschrien hatten. Wie sie es immer taten, wenn etwas richtig lief. Auch grundehrliche, konservative Blätter hatten seine Wahl bemerkt und der Hoffnung Ausdruck gegeben, dass mit ihm endlich wieder ein britischer Wind in die Politik des Königreichs einziehen würde. Nun, teuer genug war seine Kampagne ja gewesen. Geschenke waren zu verteilen gewesen und die richtigen Hände zu schütteln. So funktionierte ihre Demokratie nun einmal. Eigentlich erschütternd, und doch war es nur natürlich, dass die Mächtigen und Starken sich den Platz sicherten, der ihnen zustand.

»Guten Morgen, George«, begrüßte ihn der große Mann mit dem rotblonden Haarschopf, wandte dem Fenster nun den Rücken zu und kam Burns entgegen. Die beiden Männer reichten sich breit lächelnd die Hand und schüttelten sie kräftig. Burns wollte verdammt sein, wenn dieser aalglatte MacMurry nicht auf ihn gewartet hatte. Sie waren sich schon ein paarmal begegnet, auch schon vor Burns Berufung ins Parlament, und er konnte noch immer nicht anders, als leichte Abneigung gegen den Abgeordneten aus Wales zu empfinden. Obwohl sie im Grunde wohl mehr verband als Parteizugehörigkeit und ihre Weltanschauung. Er hielt MacMurry für einen Schleimer und Arschkriecher. Umso mehr überraschte es ihn, dass der andere ihn ziemlich unsanft am Arm packte und in die Fensternische zog. Burns wollte bereits protestieren, als der andere Papiere aus der Tasche zog und ihm in die Hand drückte. »Wir haben nicht viel Zeit«, drängte MacMurry mit gesenkter Stimme. »Das werden die Liberalen heute zur Sprache bringen. Sie werden sich danach zu Wort melden. Es liegt auf Ihrer Linie und Sie sind neu hier, George, also können Sie ordentlich auf den Putz hauen!«

Die sonst so angenehm schmeichelnde Stimme MacMurrys hatte einen metallischen Unterton bekommen und Burns war klar, dass Widerspruch nicht angebracht war.

»Überlegen Sie sich was«, befahl der rothaarige Waliser. »Wir verlassen uns darauf, dass Sie die Liberalen nicht nur in die Schranken weisen, Sie müssen sie in der Luft zerfetzen. Und dann noch auf ihre Fetzen pissen!«

Da war es wieder, dieses allseits bekannte schleimige MacMurry-Grinsen.

Die vier Männer hoben ihre Gläser und der Whiskey in dunklem Gold funkelte in dem gedämpften Licht der Stehlampen. Sie prosteten einem fünften Mann zu, der nun ebenfalls sein Glas hob und gelassen den anderen vieren zunickte. Äußerlich war er gelassen. Innerlich war Georges C. Burns aufgewühlt wie selten zuvor in seinem Leben. Der Kreis der Männer war illustrer, als er es sich jemals zu erhoffen gewagt hatte.

»Ich muss schon sagen, mein junger Freund«, hob der Älteste an zu sprechen und sackte wieder in den Ledersessel zurück, in dem er sich mühsam aufgerichtet hatte, »Ihre Rede war schon sehr knapp an der Grenze dessen, was man in dem ehrwürdigen Haus als wohlerzogener Mensch sagen kann.«

Burns nahm einen Schluck von dem 75 Jahre alten Whiskey und wartete.

»Jung, ungestüm, mutig – ja. Und den Nagel auf den Kopf getroffen, das haben sie!«

Die anderen Männer nickten beifällig und zogen es vor, dem alten Mann nicht ins Wort zu fallen. Obwohl sie alle zusammen wohl mehr als ein Drittel des Vermögens des Königreichs repräsentierten, war es nicht klug, dem alten Lord ins Wort zu fallen. Eine Lektion, die Burns blitzschnell begriffen hatte. Aber er hatte sowieso nicht vor, viel zu sagen. Er hielt sich zurück und wartete auf den passenden Augenblick. Und ein wenig schüchterte ihn auch seine Anwesenheit in diesem Club ein. Das gestand er sich ein, ohne zu zögern und ohne Scham. Vielleicht ein paar hundert Leute wussten überhaupt von diesem doch jahrhundertealten Club. Weit weniger hatten ihn jemals betreten. Georges C. Burns gehörte dazu. Er hatte es geschafft!

»Sie scheinen das Herz auf dem rechten Fleck zu haben, mein junger Freund«, fuhr der alte Lord fort. »Und ein angemessen loses Mundwerk. Ja, es war eine gute Wahl, ihn vorzuschicken.«

Er nickte einem der Männer zu und dieser bedankte sich stumm.

»Was aber andererseits auch heißt«, er grinste Burns wieder an, »dass Sie jetzt als Falke abgestempelt sind. Und es weiter bleiben werden. Doch ich schätze, dass wird Ihnen nicht allzu schwer fallen.« Burns nickte nur leicht und nahm einen Schluck. Wie bei einem Vorstellungsgespräch, dachte er. Der Alte rekrutierte ihn und teilte ihm seine Rolle zu. Nein, eher wie die Aufnahme in die Ritterschaft eines Hofes war das hier und er platzte beinahe vor Stolz.

»Zumal«, wieder hob der Lord seinen dürren Zeigefinger und sah erwartungsvoll in die Runde, »zumal die Reaktion der Regierung auf den kräftigen Angriff auch kräftig ausfallen wird.« Er machte eine Pause und war sich der gespannten Aufmerksamkeit der Männer rund um ihn völlig sicher. »Das Gesetz über den freizügigen Zugang zu Studien in Britannien ist überarbeitet worden. Die Quote der britischen Bürger ist im neuen Entwurf spürbar erhöht. Auch das Commonwealth wurde entsprechend berücksichtigt und leider noch immer der Kontinent. Doch die anderen Hottentotten und Kameltreiber können bleiben, wo der Pfeffer wächst. Das Commonwealth muss wieder britisch werden! Und wir können unseren jungen Männern wieder die Ausbildung bieten, die ihnen gebührt und die uns wieder zu Weltgeltung verhelfen wird.«

Burns empfand einen kleinen Stich, weil er doch einen Teil seines Studiums in den Vereinigten Staaten gemacht hatte, doch die Spitze war wohl kaum gegen ihn gerichtet. Dafür hatte er dort seinen Freund und jetzigen Partner kennen gelernt. Und nur mit dessen tatkräftiger finanzieller Unterstützung war es ihm möglich gewesen, sich seinen Sitz zu kaufen. Vor einem Jahr hatte er noch gemeint, in seinem kleinen Wahlbezirk versauern zu müssen.

Heute war alles ganz anders.

Das leise Surren des Motors erstarb und ebenso leise schloss sich das Tor zur Garage. Manche Leute ließen ihre Autos vor den Häusern stehen, damit neugierige Augen durch die Hecken sehen konnten, was man sich zu leisten im Stande war. Sergejis Wagen war ein Mercedes der GLA-Klasse und damit weit weniger protzig als jene seiner Bekannten. Dabei hatte er mit all der Sonderausstattung wahrscheinlich sogar mehr gekostet als die aufgemotzten SLKs. Aber seit der Geburt seiner Tochter ging Sergeji Sicherheit über alles. Darum war auch ihr Anwesen eines der wenigen, die rund um die Uhr ernsthaft bewacht wurden. Viele Anwesen kannte er, wo man das nicht so ernst nahm, und er hatte klargemacht, dass er Schlamperei nicht dulden würde. In gewisser Weise war Moldau ein junges, wildes Land. Man konnte nie wissen, was den Leuten so einfiel. Anfangs war seine Frau noch dagegen gewesen, dass er Chisinau verlassen und an einen See nach Nimoreni ziehen wollte. Dann war ihre Tochter zur Welt gekommen und das Nachtleben der großen Stadt hatte an Anziehungskraft verloren. Zumindest kurzzeitig. Denn Sergeji kannte seine Frau gut genug, um zu wissen, dass das nicht lange anhalten würde. Dann konnte er ihr noch immer gestehen, dass auch noch eine Wohnung in der Stadt ihm gehörte. Diese Tatsache, und auch seine Benutzung der Wohnung mit wechselnden Begleiterinnen, gedachte er ihr jetzt aber nicht auf die Nase zu binden.

Sergeji ging durch das leere Haus ins Badezimmer im Obergeschoss. Seine Frau war mit der Kleinen und dem

Kindermädchen einkaufen gefahren und so konnte er sich in Ruhe in der Badewanne ausstrecken.

Als er endlich in dem herrlichen warmen Wasser lag, ein Glas Cognac und eine Zigarre neben und den Blick auf den See vor sich, da musste er lachen. Vielleicht lag ihm so viel mehr an einem Bad als an Autos, weil er sich zeit seines Lebens in einem kleinen Waschbecken hatte waschen müssen. Und warmes Wasser war in seiner Jugend ein Luxus gewesen, den sich seine Eltern nicht allzu oft leisteten.

Heute hatte er alles, was er sich erträumt hatte. Ja, das Leben war gut zu ihm gewesen. Obwohl eigentlich alles mit einem Rückschlag angefangen hatte. Über Jahre hatte seine Familie zusammengekratzt und gespart, damit er im Ausland studieren konnte. Für eine der großen Universitäten hätte es niemals gereicht, aber eine kleine, unscheinbare Universität in England hätte ihn genommen und dem klugen jungen Mann aus dem unbekannten Osten auch noch ein Stipendium bewilligt. Dann hatten die Briten von einem Tag auf den anderen ihre Studiengesetze geändert und Sergeji Wladimir Ollentop war vor der Tür gestanden. Im wahrsten Sinne des Wortes. Das große Königreich machte die Schotten dicht und der kleine Moldauer musste sehen, wo er blieb.

Und Sergeji hatte sich umgesehen. Hatte gesehen, dass die Oberschicht immer reicher, aber auch immer vielfältiger wurde. Seine wohlhabenden Landsleute, aber auch die Hof haltenden Russen und Amerikaner mit ihren schier unerschöpflichen Geldquellen diktierten nicht nur die Geschicke des kleinen Landes, sie wollten auch umsorgt und standesgemäß bedient werden. Gutes Hauspersonal zu bekommen war schwierig bis unmöglich. Als ein seinem Onkel bekannter Afghane für seine Küche unbedingt eine Inderin haben wollte, da nahm Sergeji das Geld für sein Studium und fuhr zum ersten Mal nach Indien. Inzwischen flog er mehrmals im Jahr nach Mumbai, aber auch nach Pakistan und Indonesien. Auch seit er angefangen hatte, vor Ort mit Leuten zusammenzuarbeiten, die ihm frische Ware lieferten. Sergeji lieferte, was gebraucht wurde, und garantierte dafür, dass es keine Probleme mit Behörden oder Familien gab. Das lief gut und er wurde ebenso gut dafür bezahlt. Inzwischen kam es schon vor, dass sich manche Angestellten wieder bei seinen Leuten meldeten, um weitervermittelt zu werden. Denn es war gar nicht unmöglich, dass ein Reicher von heute auf morgen nicht mehr reich war. Oder nicht mehr lebte. Dann mussten Fahrer, Köche, Bodyguards und Hauspersonal sehen, wo sie blieben. Doch das war eher die Ausnahme. Eher empfahlen ihn seine Kunden weiter, unter der Hand. Weil er lieferte, was bestellt wurde. Ob sich die Bestellung nun auf besondere fachliche Qualifikationen erstreckte oder auf körperliche Merkmale beschränkte, war nicht wichtig. Ebenso egal war ihm, was mit den vermittelten Personen geschah. Musste ihm egal sein, wenn er im Geschäft bleiben wollte. Denn von so manchen, die er vermittelt hatte, ja den meisten, hatte nie wieder jemand etwas gesehen oder gehört. Es war seine Ware und er war nicht der Typ, sich über seine Ware mehr Gedanken zu machen als notwendig. Schließlich war er nicht aus der Armut herausgekommen, weil er sich viele Gedanken über andere machte. Jeder musste sehen, wo er blieb.

Natürlich, hätten sie ihm erlaubt, sein Studium in England zu machen, dann wäre vieles anders gelaufen in seinem Leben. Dann wäre er jetzt wahrscheinlich irgendwo ein kleiner schmieriger Anwalt. Er grinste in den Rauch seiner Zigarre hinein. Er hätte kein so großes Haus, er hätte keine Schönheitskönigin als Ehefrau und er könnte nicht am späten Nachmittag ein herrliches Bad genießen.

So aber war vieles anders gelaufen.

Shari drehte sich vorsichtig auf die Seite, so weit es der enge Verschlag gestattete. Sorgsam darauf bedacht, dass die Striemen an ihren Pobacken nicht wieder zu bluten anfingen. Die Frau würde sie wieder schlagen, wenn ihr Bettzeug blutig war. Und sie liebte es, Shari zu schlagen. Das Mädchen krampfte sich zusammen und versuchte nicht daran zu denken.

Für die Hausarbeit würde sie gebraucht, so hatte der Mann gesagt, der in ihr Dorf gekommen war. Eigenes Geld konnte sie verdienen und damit ihre Familie unterstützen. Ihre Eltern hatte gerade mal zehn Minuten gebraucht, um mit dem Mann feilschend übereinzukommen. Wo gab es denn sonst eine Möglichkeit in einem indischen Dorf, dass aus einem Mädchen etwas anderes werden konnte als eine Belastung für die Familie? Und auch Shari selbst war nicht unglücklich darüber gewesen. Sie war unwert als Mädchen und sie war sich dessen nur zu bewusst. Zu allem Überfluss begannen die Männer sich in letzter Zeit so eigenartig zu verhalten, wenn sie in der Nähe war. Dreien war sie einmal auf dem Weg zu einem Feld begegnet, die wollten unbedingt, dass sie mit ihnen in den Wald kam, tiefer in den Wald. Unbedingt wollten sie ihr dort etwas zeigen. Sie war ihnen davongelaufen. Voller Angst, dass ihr Vater Probleme bekommen würde. Schließlich war einer der Männer der Polizist aus dem Nachbardorf gewesen.

So war die Aussicht, in die Stadt zu kommen, als Dienstmädchen vielleicht sogar ein eigenes Zimmer zu haben, für das kleine indische Mädchen wie der große Hauptgewinn. Zumal ihr Vater so viel Geld für sie bekommen hatte, dass er sich die Anzahlung für einen Kühlschrank leisten konnte!

Geschlagen hatte sie auch ihr Vater, ihre Mutter, ihre Brüder. Geschlagen zu werden war ihr nicht neu. Aber der Herr und die Frau wurden immer eigenartiger. Zuletzt hatte sie sich vollkommen ausziehen und über den Tisch legen müssen. Dann waren sie mit einem Balken gekommen, über den sich Shari auf den Bauch legen musste und der ihren mageren Körper mehr schmerzte als die Schläge. Die Frau hatte ihre Bluse ausgezogen und ihre großen hängenden Brüste hatten bei jedem Schlag wie wild gewackelt. Gestern hatte der Mann nicht nur zugesehen, als sie geschlagen wurde, er hatte seine Hose hinuntergezogen und Shari hatte das Gesicht zwischen seine Pobacken stecken müssen. Allein bei dem Gedanken daran wurde ihr wieder übel. Als er endlich wegging, hatte er ihr mit dem harten Ding zwischen seinen Beinen ins Gesicht geschlagen. Dann hatte er die Frau aus dem Raum gedrängt und sie hatten das an den Bock gebundene Mädchen vergessen.

Diese Welt war so ganz anders, als Shari es sich vorgestellt hatte. So ganz anders als die Welt, aus der sie gelockt worden war.

Zwei Stockwerke über dem Kellerverschlag, in dem Shari lag, drehte sich auch der Hausherr unruhig in seinem Bett. Vorsichtig darauf bedacht, seine Frau nicht zu wecken. Es war nicht so, dass er das aus Rücksichtnahme tat oder vielleicht gar, weil er sie fürchtete. Obwohl, ihr Hang zu Gewalt und Schmerz wurde immer offensichtlicher. Zufrieden erinnerte er sich daran, wie die Kleine bei jedem Schlag zusammengezuckt war und dabei ihr süßes Gesicht an seinem Hintern gerieben hatte. Wie gern hätte er die kleinen festen Pobacken auseinandergezerrt und seinen Schwanz, so tief es ging, dort hineingebohrt. Bei der Kleinen würde es egal sein, ob er sie von vorn oder von hinten nahm. Sie war sicherlich so eng, dass er beim ersten Stoß kommen würde. Vorsichtig tastete er nach seinem inzwischen wieder harten Glied und horchte auf die Atemzüge seiner Frau. Jetzt einfach hinuntergehen und die Kleine so lange nageln, bis sie sich nicht mehr rührte. Seine Frau würde ihm das niemals verzeihen. Und sie musste es bemerken! Also blieb er still liegen und malte sich die Bilder weiter aus. Sie hatten sich vorgenommen, die Kleine nur ganz langsam immer mehr zu benutzen. Schließlich war sie teuer gewesen. Na ja, überlegte er, so teuer nun auch wieder nicht. Wenn man bedachte, dass sie seit geraumer Zeit kaum mehr etwas anderes taten, als sich Spielchen auszudenken und diese dann in die Tat umzusetzen.

Bei der Gelegenheit streifte ihn der Gedanke, dass es in seiner Spedition auch so einiges gab, um das er sich eigentlich kümmern sollte. Holzhandel ist Krieg, sagte er immer. Seine politische Karriere in der Gemeinde machte ihm da weniger Sorgen. Darum hatte er sie nur angenommen, weil sich damit die wirtschaftlichen Möglichkeiten vervielfachten. Aber der Handel und die Spedition, das bedurfte seiner Aufmerksamkeit. Aufmerksamkeit, die diese Kleine viel zu sehr in

Anspruch nahm! Ein Grund mehr, sie zu bestrafen. Er grinste stumm. Wirklich viel zu vieles gab es, um das er sich längst hätte kümmern müssen, denn manche der Fahrer arbeiteten gern in die eigene Tasche. Waren viel zu eigensinnig.

Aber das war ihm auch schon wieder egal, als ihm der Gedanke kam, dass man die Kleine in einer Fahrerkabine anbinden konnte. Als Bonifikation für die besten Fahrer sozusagen. Fünf oder sechs sollten es schon sein. Alle sollten gleichzeitig an ihr herummachen und er würde natürlich zusehen. Oder war es interessanter, wenn sich einer nach dem anderen an ihr abrieb? Jeder so, wie es ihm am besten gefiel? Und natürlich ohne Pause für sie. Aber zuerst sollte sie ihm allein gehören! Er konnte sich auch selbst mit ihr vergnügen und den Fahrern bei einer anderen zusehen. Seine Frau konnte er ihnen ja geben, da hatten sie genug Fleisch, um es wund zu scheuern. Und ihr würde es womöglich noch gefallen, wenn diese groben Kerle sie benutzten. An den Piercings in ihren Brustwarzen konnte er sie anbinden.

Niemals würde er wagen, ihr das vorzuschlagen, das war nicht ihre Welt, sie liebte den Schmerz bei anderen. Er selbst bekam schon seinen Teil ab. Darum war er ja auf die Idee mit der Sklavin verfallen. So gesehen war sie ein böses Weib. Hätte schon auch ihre Strafe verdient. Die Bilder in seinem Kopf wurden immer turbulenter und der Drang in seinem Unterleib immer fordernder.

Vorsichtig erhob er sich. Er würde sich auf der Toilette befriedigen und sich dabei vorstellen, wie die dreckigen

Kerle seine Frau so lange hernahmen, bis sie es war, die sich nicht mehr rühren konnte.

Morgen würde er mal wieder nicht aus dem Bett kommen. Aber das war egal, um seine Firma kümmerten sich andere. Seit die Kleine da war, summte sein Kopf so voll, dass für anderes kein Platz blieb.

So ganz anders als früher.

Auf ein loses Blatt Papier hatte der Mann einige Zahlen geschrieben, hatte herumgerechnet und überlegt. Jetzt legte er den Bleistift weg, kratzte sich am Kinn und besah sich nachdenklich die Aufstellung. Irgendwann nahm er sie hoch, knüllte sie zusammen und warf sie mit einem gezielten Schwung in den Papierkorb. Es ging sich noch nicht aus. Drei Lieferungen noch, vielleicht vier, aber dann war endgültig Schluss! Musste Schluss sein! Mit dem Geld konnte er sich absetzen und sich selbständig machen. Es musste reichen, denn je länger das Ganze dauerte, umso gefährlicher wurde es. Sollte es dem Alten jemals einfallen, die Fahrten zu überprüfen, dann würde der Teufel los sein. Zum Glück tauchte der in der letzten Zeit so gut wie gar nicht mehr in seiner Spedition auf.

Dem Alten würde sofort auffallen, dass es LKWs gab, die Umwege fuhren und nicht ganz beladen waren. Unweigerlich musste er darüber stolpern, dass die Fahrzeugpapiere der Fahrer mehr an Waren anführten als die Papiere über Abholung und Zustellung. Weil sie dazwischen anhielten, andere Ware dazu verstauten und an vereinbarten Plätzen wieder ablieferten. Natürlich nur ausgewählte Fahrer, denen man vertrauen konnte. Und die sich damit ein Zubrot zu ihrem kärglichen Lohn verdienen konnten. Eigentlich nichts im Vergleich zu dem Risiko, das sie eingingen. Die europäischen Polizisten hatten zuletzt begonnen, sich zu koordinieren, was die Sache schwerer machte. Hier in Spanien war das nicht unbedingt ein Problem. Die Polizisten auf der Straße wurden kaum besser entlohnt als die LKW-Fahrer und waren geradezu gezwungen, sich auch andere Einkünfte zu suchen, um über die Runden zu kommen. In Frankreich, Deutschland oder Großbritannien, wohin die meisten Transporte gingen, da waren die Gehälter der Polizisten schon besser. Was zu beständigen Monologen des Jammers bei dem Mann führte, der ihn zu dieser ganzen Sache überredet hatte. Wenn man dem Schweizer zuhörte, dann konnte man den Eindruck gewinnen, dass er noch was draufzahlen würde, um die Illegalen in Europa zu verteilen. Aus purer Menschlichkeit. Dabei war er es, der den Löwenanteil einstrich. Nein, Mitleid hatte er mit dem Kerl nicht. Da vielleicht schon eher mit den armen Kreaturen, die seine Fahrer hinter Kisten und Planen oft tagelang versteckten. Aber daran durfte er nicht denken. Bei der ersten Fahrt war er selbst dabei gewesen. Ein Fehler, den er nicht wiederholen würde. Niemals würde er die ängstlichen Augen in den ausgemergelten Gesichtern vergessen. Blutjunge Männer, fast noch Kinder. Dürre, harte Frauen. Alle auf dem Weg in eine vollkommen ungewisse Zukunft, vollgepfropft mit Versprechungen, die niemals eingehalten werden würden. Alle auf dem Weg in die Freiheit, die doch nur eine Baracke war, die sie voraussichtlich nie wieder verlassen würden.

Er atmete tief durch und verjagte die lästigen Gedanken. Seine Frau erwartete das zweite Kind und mit seinem Gehalt würden sie dann niemals über die Runden kommen. Na ja, irgendwie würde es sicherlich schon gehen. Eigentlich verdiente er nicht so schlecht und sie konnten sich einiges leisten. Vielleicht würde er sie und die Bälger auch gar nicht mit nach Südamerika nehmen. Er konnte ja Geld von unten schicken. Anfangs natürlich nur wenig, aber später sicher mehr, wenn alles gut lief.

Draußen brütete die Hitze Andalusiens und er war froh, dass seine Klimaanlage auf vollen Touren lief. In Argentinien, da würde es auch so heiß sein. Und doch anders. Leichter, fröhlicher, nicht so getrieben ernst wie hier. Vielleicht sollte er seine Frau wirklich hierlassen, ihr würde es dort unten nicht gefallen. Sie würde nicht verstehen, was denn in Argentinien anders sein sollte als in Spanien.

Wieder ein Gedanke, den er nicht zu Ende denken wollte. Aber irgendwann würde er sich entscheiden müssen. Und das bald. Nur noch ein paar Fahrten.

Genau genommen war der Alte schuld. Weil der sich so überhaupt nicht mehr um die Firma kümmerte, hatte er jetzt freie Hand und hatte sich von dem Schweizer zu dieser Sache überreden lassen. Was dem Alten wohl so viel wichtiger war als seine Firma?

Wieder schüttelte er den Kopf, um die Gedanken loszuwerden, und versuchte sich auf seine Arbeit zu konzentrieren.

All diese Fragen waren sinnlos. Es war, wie es war. Und es war eigentlich ganz gut. Nur so völlig anders als noch vor ein paar Monaten.

Oben auf den Gipfeln der Berge lag schon Schnee. Bald würde es wieder Zeit sein, die Ski aus dem Keller zu holen. Überprüfen musste er sie lassen. Kanten schleifen und wachsen. Vielleicht sollte er auch seine Bindung neu einstellen. Marcel Sprüngerli griff sich an den Bauch und grinste. Ja, es konnte durchaus sein, dass er im letzten Jahr etwas an Gewicht zugelegt hatte. Es war ein gutes Jahr gewesen.

Er ließ noch ein Stück Zucker in seinen Kaffee fallen, rührte langsam um und sah gedankenverloren zu den Bergen hinaus, die das Tal begrenzten. Sprüngerli war Frühaufsteher, das aber eigentlich nur, weil er es liebte, in aller Ruhe sein Frühstück zu essen und seinen Gedanken nachzuhängen. Seit sein Junge aus dem Haus war, hatte er auch die Ruhe dazu. Nicht, dass der Herr Sohn ebenfalls zeitig aus den Federn gekommen wäre. Oh nein! Und trotzdem war da immer die Möglichkeit einer Unruhe gewesen. Und auch nur die Möglichkeit einer Unruhe konnte ihm schon den Morgen vermiesen.

Wie viel hatte der Junge versucht, angegangen und wieder hingeschmissen? Eigentlich konnte sich Sprüngerli senior nicht vorstellen, dass sich das geändert haben sollte. Aber wenigstens bekam er nicht mehr alles mit, seit sein Sohn ausgezogen war. Wahrscheinlich war es auch ganz gut gewesen, dass er nicht hier studierte. Dass es ausgerechnet Wien sein musste, um ein Medizinstudium zu beginnen. Nun, Wien war eine nette Stadt, um zu studieren. Vielleicht nicht gerade die renommierteste aller Medizin-Unis, aber der Abschluss war durchaus brauchbar. Und das Studium dort kam ihn nicht so teuer wie anderswo. Auch wenn sich sein Herr Sohn nichts abgehen ließ und es immer wieder schaffte, in Geldnöte oder andere Schwierigkeiten zu geraten. Sprüngerli hing mal wieder dem müßigen Gedanken nach, von wem der Junge das nur haben konnte. Von ihm nicht und von seiner Ex, dem vertrockneten alten Wurzelweib, sicher auch nicht. Niemand in dieser Familie war sprunghaft oder spontan. Obwohl, wenn es ums Geldverdienen ging, da konnte auch ein Sprüngerli ganz schön kreativ sein und in die Gänge kommen. Und schon mal eine unwiederbringliche Gelegenheit am Schopf packen. Deswegen gab es jetzt genug Geld im Hause Sprüngerli. Und das letzte Jahr war ein gutes gewesen. Wenn er daran dachte, dass er die Reise zu der Baustelle in Spanien anfangs hatte gar nicht machen wollen! Niemals hätte er den Disponenten der spanischen LKW-Flotte kennen gelernt. Nur weil dessen Chef Wichtigeres zu tun hatte, war der Angestellte auf der Baubesprechung aufgetaucht und ihm in die Arme gelaufen. Selbst wenn er angestrengt nachdachte, konnte Sprüngerli nicht sagen, wie es denn dazu gekommen war, dass sie über die Verteilung von billigen, illegalen Arbeitskräften in Europa zu sprechen gekommen waren. Es hatte sich einfach irgendwie ergeben. Sie waren einfach zum richtigen Zeitpunkt am richtigen Ort gewesen. Er kam viel herum und schon öfter hatte er ziemlich unzweideutige Anfragen bekommen. Einerseits von Unternehmern, die nach billigen Arbeitskräften Ausschau hielten. Andererseits hatte er von Menschen erfahren, die es irgendwie nach Europa geschafft hatten und nun alles für ein Bett und eine warme Mahlzeit tun würden. Bis zu jenem Abend in der kleinen Bar neben der Baustelle hatte er aber niemals daran gedacht, dass die Vermittlung eigentlich nur ein logistisches Problem war.

Der eine Abend mit dem Disponenten hatte alles geändert. Für die Illegalen, für den Spanier, für ihn – und für seinen Sohn, dem er nun dank des zusätzlichen Einkommens das Studium in Wien finanzieren konnte.

Der Lärm war schier unerträglich! Jedes einzelne Geräusch erzeugte eine Detonation in seinem Kopf und schickte Wellen des Schmerzes durch seinen geschundenen Körper.

Er hasste diese Frau!

Oh, wie abgrundtief hasste er sie!

Jeden Tag kam sie wieder. Ohne Erbarmen.

Und er war ihr hilflos ausgeliefert. Unfähig, auch nur den kleinsten Muskel zu bewegen, lag er da und war ihr ausgeliefert.

Die Blase drückte und er krampfte sich zusammen, während sie ungerührt fortfuhr und ihn mit sadistischer Langsamkeit quälte.

Streichen, schlagen … streichen … schlagen.

Langsam, so dass man dazwischen meinen könnte, sie hätte aufgehört und wäre verschwunden. Aber sie war nicht verschwunden. Wieder begann sie. Und er hatte keine Möglichkeit, es zu verhindern.

Irgendwann war der Druck in seiner Blase so groß, dass sein Körper sich automatisch aufsetzte und eine glühende Welle des Schmerzes durch seinen Kopf jagte. Während er mit möglichst wenig Bewegungen in Richtung des WCs tapste, hörte er die Frau noch immer im Gang vor seiner Tür wischen. Das Streichen über den Boden, das Schlagen gegen die Wand! Jeden Tag musste sie die Stiegen waschen. Jeden Morgen, ohne Erbarmen.

Diese verdammten Slawen! Sicher war sie eine Slawin, so alt, wie sie aussah. Und sie arbeitete nur, um ihn zu quälen. Noch niemals hatte sie den Gang nachmittags oder abends gewischt. Nur am frühen Morgen, wenn er noch schlief.

Während er endlich auf dem WC saß und das Wasser laufen ließ, überlegte sein gemartertes Gehirn, dass es so früh gar nicht sein konnte. Es war schon hell geworden, als er heimgekommen war. Vielleicht würde es Mittag sein. Oder drüber. Aber es war egal, wie spät – arbeitsscheu, wie diese Slawen waren, werkte sie nur, um ihn zu quälen. Bei all der Bösartigkeit seiner Hausmeisterin rang es ihm ein Lächeln ab, als er sich erinnerte, dass er sich noch übergeben hatte, bevor er die Wohnung aufsperren konnte. Ja, besser auf dem Gang als in der Wohnung. Dann hatte sie wenigstens was zu tun. Trotzdem revoltierte sein Magen bei dem Gedanken und er krümmte sich zusammen. Doch es war nichts mehr in seinem Magen, was er hergeben konnte. Dort vor der Wohnungstür, auf dem Gang, das war auch nur noch ein kümmerlicher Rest gewesen. Er hatte sich mehrmals übergeben auf dem Weg nach Hause.

Diese Verbindungskneipen waren einfach mörderisch. Die Altherren der Studentenverbindung hatten vorgelegt und die Jungfüchse hatten gesoffen. Beim besten Willen konnte Sprüngerli sich nicht erinnern, wie viele Krüge Bier er versucht hatte, in einem Zug zu trinken. Zu viele waren es gewesen, ohne Zweifel.

Aber so war das nun mal in den studentischen Verbindungen. Man musste sich beweisen, und er war sehr bemüht, sich all der Beziehungen würdig zu erweisen, die sich so ergaben. Auch weil das mit dem Studium nicht so recht klappen wollte. Zumeist war er am Morgen zu besoffen, um sich zu erinnern, welche Vorlesungen an dem Tag angesetzt waren. Prüfungen verwehrte er sich ganz von selbst. Es wäre sinnlos gewesen, dorthin zu gehen. Anziehen und aus der Wohnung gehen? In seinem geschwächten Zustand? Ein Ding der Unmöglichkeit! Es würde ihm schon Mühe machen, seine Kleidung in der Unordnung zu finden. Und wahrscheinlich war sie alles andere als sauber nach der gestrigen Nacht.

Nach der Verbindungskneipe waren sie noch in irgendeinem Lokal gelandet. Einer der Altherren hatte sie angeführt, irgend so ein Regionalpolitiker aus den hintersten Reihen. Sie hatten Leute getroffen, an die er sich nur sehr verschwommen erinnern konnte. Und weitergesoffen. Große Reden geschwungen, die Welt erneuert und von Unrat gereinigt. Und gesoffen. Dunkle Erinnerungen wallten auf, Fetzen von Bildern. Ja, er musste sich mehrmals übergeben haben auf dem Heimweg.

Andere Bilder tauchten auf. Bilder, die er zuerst nicht zuordnen konnte. Lachen. Grölen. Irgendwo zwischen Autos. Ein Außenspiegel, den er in der Hand hielt. Ein Kopf, der gegen einen Scheinwerfer prallte.

Wieder wurde ihm übel. Diesmal war aber vor allem die keimende Erinnerung schuld.

Er zog die Unterhose hoch und stolperte aus dem WC, ohne zu spülen. Konnte es sein?

Ein Schuh lag gleich neben der Eingangstür. Eine Seite war mit verkrusteten Spritzern von Erbrochenem bedeckt. Aber selbst sein verschwommener und benebelter Blick entdeckte dazwischen die roten Flecken. Unverkennbar! Dort lag die Hose. Auch auf ihr Erbrochenes und Blut. Das konnte er alles wegwerfen! Keine Reinigung brachte das heraus. Scheiße, dachte er. Das würde wieder kosten, und er war chronisch knapp bei Kasse. Wahrscheinlich mussten sie nur seiner Spur aus Erbrochenem folgen und würden direkt vor seiner Tür landen. Seinen alten Herrn schon wieder um Extrageld angehen hatte er auch keine Lust. Obwohl, er war nun schon einige Zeit zu Hause und noch niemand hatte ihn gesucht. Gut, es gab Delikte, bei denen die Polizei nicht ganz so schnell war. Und ein paar nicht ganz unwichtige Leute kannte er inzwischen auch.

Aber es konnte gut sein, dass er jetzt auch noch Probleme bekam wegen dem verdammten Nigger. Das war ungerecht. Was konnte er dafür, dass der dämliche Schwarze nicht zur Seite gehen konnte?

Sein Knöchel schmerzte und er verbat sich, daran zu denken, dass auch er gegen den leblosen Körper getreten hatte. Mehrmals. Gegen den Kopf. Irgendwo zwischen Autos.

All das waren nur verschwommene Bilder in seinem von Alkohol benebeltem Gehirn. Aber trotz allen Alkohols war ihm klar, dass sie Probleme bekommen würden. Waren es diese komischen Leute aus dem Lokal gewesen, die angefangen hatten? Oder vielleicht sogar er selbst? Ein Teil von ihm war bemüht, sich zu erinnern und Antworten zu finden. Ein anderer Teil wollte gar nicht daran denken. Und übermächtig war jener Teil in seinem zerrissenen Inneren, der ihn über seinen Sachen zusammensinken und hemmungslos heulen ließ. Warum hatte er so viel Pech? Warum hatte sich alles gegen ihn verschworen? Was hatte er nur getan, dass immer und immer wieder er es war, der auf die Nase fiel?

In dem uferlosen Meer aus Selbstmitleid treibend bemerkte er nicht, dass das Wischen auf dem Gang aufgehört hatte und Stimmen erklangen. Schritte von schweren Schuhen, die vor seiner Tür Halt machten. Was zählte schon die Verbindung! Er war einer der Jüngsten, und auch wenn er Schweizer war, so war er doch auch Ausländer. Niemand würde ihm helfen. Allein, mutterseelenallein war er auf dieser Welt. Seinen Vater kümmerte es einen Dreck, was er machte. Der war froh, ihn los zu sein. Keiner wollte mit ihm befreundet sein. Niemand interessierte sich für ihn. Einer der Kleinsten und Schwächsten war er, auf die alle anderen hinunterspuckten.

Warum hatte er nur unbedingt studieren wollen?

Warum war er nur nach Wien gekommen?

Warum nur hatte sein Vater es mit einem Mal erlaubt?

In unzähligen Brauntönen erstreckte sich das Land. Bis weit dort hinten, wo die Wüste begann. Onongo wusste, dass der Sand der Wüste heller war als das dürre Land rund um den Flughafen. Er liebte die Wüste, doch in diesem Augenblick kam sie ihm düster und fern vor. Auch weil die Dämmerung über das Land kroch und die Schatten länger werden ließ. Beinahe genau drei Jahre war es jetzt her, dass er so wie heute auf dem Flughafen seiner Heimat gelandet war. Nicht so allein wie heute. Sein Bruder war bei ihm gewesen. Sein Bruder, den er geliebt und vergöttert hatte. Wenn auch nur als starres, gefrorenes Stück Fleisch in einem Sarg irgendwo im Frachtraum. Einfach zu Tode getreten hatten sie ihn, irgendwo auf einer Straße zwischen Autos, wie einen Hund. Und niemand wusste warum. Auch nicht die Männer, die das Gesetz jenes fernen reichen Landes angeklagt hatte. Angeklagt und freigesprochen. Ein paar Tage hatten die Mörder im Gefängnis gesessen, und wie stolze Helden hatten sie das Gericht als freie Männer verlassen. Kein Wort war verloren worden über den Studenten der Politikwissenschaften, dessen Leben auf so grausame Weise beendet worden war. Kein Wort über seine Arbeit und seinen Traum von der friedlichen Kooperation der afrikanischen Staaten. Onongo hatte seinen Bruder heimgeholt und begraben. Und mit ihm wurde sein Traum begraben. Doch nicht für Onongo. Die Einigung der afrikanischen Staaten war auch ihm zur fixen Idee geworden. Er aber wählte den anderen Weg.

Vom Grab weg war er in die Moschee gegangen und hatte sie eine Woche lang nicht verlassen. Sein Vater war gekommen, sein Bruder, doch Onongo hatte gebetet und bereits alle Brücken hinter sich abgebrochen. Eines Tages im Morgengrauen hatte er die Moschee verlassen, um auch dorthin nicht wieder zurückzukehren. Er hatte seinen Weg gewählt, und der führte ihn in die Wüste. Dort traf er Gleichgesinnte. Er kämpfte. Er tötete. Er befahl Tod und Brand. Sein wilder, fester Wille war es, was Tod und Brand und Zerstörung durch die Lande trug. Wer sich dem Willen der Bruderschaft unterwarf und seiner strengen Auslegung der Sharia folgte, dem versprach er Frieden und Zukunft. Die Zukunft eines geeinten Afrikas unter dem Banner des Propheten. Eine Zukunft, in der auch die Ärmsten zu essen hatten. In der niemand seine Tür verschließen musste und in der Busse regelmäßig fuhren, in der es Gerechtigkeit gab und die Menschen nicht mehr der Willkür einiger weniger ausgeliefert waren. Natürlich konnten die Mächtigen und Befehlshaber von den Gnaden der Kolonialmächte, die Marionetten und Söldner der Banken und Konzerne, ihn nicht gewähren lassen. Sie hatten ihre Pfründe und ihr Leben zu verlieren. Also führten sie mit all der Macht der westlichen Welt Krieg gegen Onongos Willen. Und auch sie trugen Tod und Brand und Zerstörung durch die Lande. Aber sie verstanden die Menschen nicht mehr. Ausgebildet in Oxford und West Point begriffen sie nicht die Bedürfnisse der hungernden Menschen und wunderten sich nur, dass Onongos Gruppe immer und immer wieder Zulauf hatte. Sie erhöhten die Steuern und ließen das Militär die Dörfer verwüsten. Man setzte die schrecklichsten Geschichten über Onongo und seine Männer in Umlauf, Geschichten, die ihnen alles Menschliche absprachen. Doch die Bevölkerung bestellte stumm und duldsam die Felder, hütete das Vieh und versuchte, nicht zwischen die Fronten zu geraten. Ein Sprichwort aus alten Zeiten sagte ihnen, dass ein Teufel ein Teufel war, egal, ob er aus dem Brunnen oder vom Himmel kam.

Für Onongo selbst war der Kampf eine Befreiung. Mit jedem toten Regierungssoldaten, mit jedem toten weißen Söldner bestrafte er die weißen Christen ein wenig mehr für ihre Anmaßung. Tilgte er die Schuld der Überheblichkeit, die doch nie aufzurechnen war. Schritt für Schritt, Schlag für Schlag, Blutstropfen für Blutstropfen bezahlte die westliche Welt für den sinnlosen Tod seines geliebten Bruders. Den Traum des geeinten Afrikas träumte er noch immer, doch dieses Bild war mit den Jahren verblasst. Es war ihm unvorstellbar geworden, nicht mit der Waffe in der Hand zu schlafen. Immer musste er bereit sein, aufzuspringen und sich zu verteidigen. So war er Jäger und Wild zugleich. Manchmal das eine, manchmal das andere. Und manchmal, in der Nacht, da wurde ihm klar, dass die friedliche Welt, die er zu erschaffen gedachte, er selbst nicht erleben konnte. Nicht mehr. Wie Moses, dachte er still bei sich mit einem schiefen Grinsen, darf ich ein Volk in die Freiheit führen, aber nicht selbst daran teilhaben. Onongo war weit davon entfernt, sich ernsthaft mit Moses zu vergleichen. Moses war ein Mann gewesen, den Allah, der Große, liebte und der Wunder getan hatte. Onongo konnte keine Wunder vollbringen und er war sich selbst gegenüber ehrlich genug, um zu verstehen, dass das Feuer, das in ihm brannte, sehr viel mehr mit selbstsüchtigem Hass und nur sehr wenig mit der Ehrung von Allah, dem Einzigen, dem Mächtigen, zu tun hatte. Doch Allah war gnädig, und so kamen trotzdem Dinge in Bewegung, die fast an Wunder grenzten. Nach Jahren würde er wieder am Grab seines Bruders beten können. Und er kam mit dem Flugzeug wie ein ganz normaler Reisender. In seiner Tasche steckte ein saudischer Pass, den niemand in Frage stellen würde, und niemand wollte in dem Mann mit dem gehetzten Blick den gesuchten Terroristen erkennen.

Dort, am Grab seines Bruders, würde er endlich den Mann kennen lernen, der so viel ermöglicht hatte in den letzten Wochen. Ja, es konnte durchaus sein, dass Allah, der Weise, der Gütige, ihn geschickt hatte. Onongo wollte es glauben. Auch wenn sein geschärfter Instinkt ihm sagte, dass der Scheich sicherlich seine eigenen Ziele verfolgte. Manche sagten, er sei Teil des verzweigten saudischen Königshauses. Manche zählten ihn zum Kuwaitischen. Manche zu beiden. Viel wusste niemand über ihn. Man kannte ihn hier im Tschad, weil er hierherkam, um mit seinen Falken zu jagen. Angeblich hatte er Onongos Bruder gekannt. Vielleicht stimmte das, vielleicht auch nicht. Für Onongo war das egal, war der Scheich doch nur ein Weg, der ihn seinem Traum einen Schritt näherbrachte. Kämpfer hatte er genug und sie wurden schneller mehr, als die Weißen töten konnten. Was ihm fehlte, das waren Geld und Verbindungen. Und der Scheich bot ihm beides.

Angeblich, weil er seinen Bruder gekannt hatte. In Wien oder Paris, aber Genaues wusste niemand. Jetzt wartete er dort unten mit seinen Falken und seinen Leibwächtern. Ein wohlhabender Scheich wartete auf ihn, Onongo. Auf den Sohn eines Händlers, den Bruder eines Weltverbesserers, auf den meistgesuchten Mann Afrikas. Dass es so etwas einmal geben würde, hätte er nie gedacht. Hätte sich sein Bruder niemals träumen lassen.

Scheich Akasi Valid Ahmud streckte seinen nackten Körper in der ovalen Wanne und erreichte so mit den Zehen gerade das andere Ende. Er besah seinen flachen Bauch und war nicht unzufrieden. Für einen Mann an die Fünfzig war sein Körper mit den festen Muskeln unter der straffen Haut durchaus beachtlich. Trotzdem konnte er sich des Neides nicht erwehren, wenn er an den Mann dachte, mit dem er fast zwei Stunden über den Friedhof von Massaguet spaziert war. Gut, der Afrikaner war gerade mal dreißig, aber er war zwei Köpfe größer als Akasi und schien nur aus stahlharten Muskeln zu bestehen. Die Art, wie er sich bewegte, geschmeidig und gespannt, glich einem einzigen lauernden Kampf, und Akasi musste wieder lächeln, wenn er daran dachte, was ein saudischer Pass so alles bewirken konnte. Jedem halbwegs nüchternen Polizisten musste der Mann ins Auge gesprungen sein, aber selbst ein einfacher Pass, ausgestellt vom Sekretariat des Königshauses, veranlasste sie wegzusehen. Lieber auf die Belohnung zu verzichten, als sich Schwierigkeiten einzuhandeln. Akasi hielt nicht besonders viel von Menschen, und diese wiederum bestärkten ihn darin jeden Tag.

Doch so imposant der Mann auch aussah, Akasi hätte nicht mit ihm tauschen wollen. Denn Onongo würde sterben, wahrscheinlich früher, als er selbst dachte. Die Konzerne verfügten über Mittel zur Erhaltung ihrer Macht, die weit größer waren, als er auch nur ahnte. Und selbst wenn der Arm der westlichen Welt ihn im Augenblick nicht erreichen konnte, der Versuch, Ordnung zwischen den vielen zerstrittenen Clans und Volksgruppen Afrikas zu schaffen, wirkte auf den Scheich kindlich naiv. Vielleicht würde er es sogar schaffen. In einem begrenzten Gebiet, für kurze Zeit. Irgendwann würde er dann getötet werden und alles würde wieder im Chaos versinken. Menschen eben. Es galt also, die Zeit dazwischen zu nutzen, und Akasi war kein Mann, der etwas vergeudete. Geld und Zeit waren dabei für den Scheich keine Größen, Macht und Einfluss waren es, was ihm behagte. Auf Jubel, Trubel, Glanz und Popularität konnte er verzichten. Er war lieber der Schatten im Hintergrund, der alle Fäden in der Hand hielt. Hinsehen, handeln, untertauchen. Die Gelegenheiten kamen ganz von selbst, wenn man gelernt hatte zu warten, zu sehen und zu genießen.

Akasi tauchte in dem erfrischenden Nass unter und strich sich dann das Wasser aus dem Gesicht. Einen kurzen Blick warf er auf die Terrasse hinter den wehenden Vorhängen. In der Sonne saß eine kleine dunkelhäutige Asiatin mit untergeschlagenen Beinen, das lange schwarze Haar hochgesteckt. Er konnte den oberen Teil der festen Pobacken sehen und eine kleine Brust, deren Warze sich vorwitzig der Sonne entgegenstreckte. Für einen kurzen Augenblick überlegte er, sie zu rufen. Oder die blasse nordische Schönheit, die sich irgendwo im Schatten verbarg und ihr langes rotgoldenes Haar pflegte, das ihr weit über die großen Brüste reichte. Doch statt zu rufen stieß er einen leisen Pfiff aus, und wie aus dem Nichts tauchte ein kleiner kompakter Schatten neben dem Becken auf.

»Hol Benny!«, befahl der Scheich und der Schatten verschwand. Akasi legte den Kopf zurück und schloss die Augen. Nur wenige Atemzüge lang. Dann wurde eine Tür geöffnet und jemand trat ein. In angemessener Entfernung hielten die leisen Schritte und es wurde wieder still. Es schien dem Scheich, als wäre es eine Spur kühler geworden. Er atmete durch und wappnete sich, trotzdem war es für ihn jedes Mal ein Schock, wenn er in die eisblauen Augen des ehemaligen Mister Finnland sah. Wie ein Gebirge ragte der Koloss von einem Mann zwischen ihm und der Terrasse auf. Im hellen Maßanzug stand er da und wartete. Nicht unterwürfig, aber ergeben. Und ein wenig neugierig, wie Akasi schien.

»Ich habe mich entschieden, Benny«, meinte der Scheich und streckte sich wieder. »Wir werden unseren Träumer unterstützen.«

Benny nahm es auf, ohne zu blinzeln.

»Also bekommt er fürs Erste die Granaten«, bestätigte er dann.

»Und die Panzerfäuste«, ergänzte der Scheich.

Akasi kannte seine rechte Hand lange genug, um den Hauch des Zweifels zu bemerken. Und er schätzte ihn inzwischen hoch genug, um eine Augenbraue nach oben zu ziehen.

»Dich stören die Panzerfäuste?«

Mister Finnland überlegte einen Augenblick und meinte dann offen: »Mit den Granaten und den zusätzlichen Granatwerfern kann er den Regierungstruppen ziemliche Sorgen bereiten. Aber mit den Panzerfäusten kann er sehr viel zielgerichteter vorgehen. Er wird sein Einflussgebiet in den Süden ausdehnen wollen. Die Bereiche weiter im Süden werden aber von den Clans beherrscht, die auch die Abbaugebiete mit den Seltenen Erden kontrollieren. Sie holen sich ihre Arbeiter aus diesen Gebieten. Wenn Onongo jetzt in diesen Gebieten auftaucht, werden ihm viele zulaufen, die lieber einem Traum von Freiheit folgen, als in den Mienen zu schuften. Das könnte die Produktion gefährden. Und Seltene Erden sind ein gutes Geschäft. Ohne sie gäbe es keine Elektronik.«

»Unsere Freunde im Westen nutzen ihre Tablets und Smartphones gern und gedankenlos, aber sie lieben die Sklavenminen nicht besonders.« Akasi lachte. »Doch noch weniger möchten sie einen islamischen Staat. Also würden sie gezwungen sein, die Clanchefs zu unterstützen. Aber ich habe Onongos Blick mehr Richtung Norden gelenkt. Libya ist nach wie vor braches Land, trotz all der Investitionen Europas. Die warten dort auf einen Sendboten des Propheten wie Hungernde auf ein Stück Brot. Dorthin wird Onongo sich wenden.«

Benny nickte und sagte nichts mehr. Der Scheich sah hinaus zum Himmel und überlegte.

»Wir fliegen morgen nach Kairo. Bereite alles vor. Ich möchte den Arzt von der amerikanischen Klinik treffen. Du weißt schon, der den Kontakt zu dem mexikanischen Professor mit dem unaussprechlichen Namen hat.«

»Ein Termin in der Klinik?«

»Nein, kein nachweisbarer Kontakt, lade ihn ein. Wir werden ihn gut bewirten.« Der Scheich grinste hinterhältig. »Es sieht so aus, als wäre seine Idee doch umsetzbar. Ich werde sie allerdings ein wenig adaptieren müssen, oder sagen wir besser optimieren. Finde heraus, was er gern hat, und sieh zu, dass zwei Präsente für sein Vergnügen da sind.«

Benny zuckte mit keiner Wimper. Es war sein Job, solche Dinge zu wissen, und zwei willige, minderjährige Mädchen in Kairo aufzutreiben war keine große Herausforderung.

Der Scheich nickte, Benny nickte und verschwand ebenso leise, wie er gekommen war. Akasi tauchte wieder bis zum Hals ein und überlegte kurz. Dann rief er leise:»Tao! Anne!«

Das zierliche Mädchen auf der Terrasse erhob sich sofort und schob den Vorhang zur Seite. Nur wenige Augenblicke später kam aus den hinteren Räumen eine Frau, deren schwerer elfenbeinfarbener Körper hell im Zwielicht des späten Nachmittags leuchtete. Wortlos kamen sie zu ihm in das Becken und begannen ihn mit ihren Händen, ihren Lippen und ihrem Körper zu streicheln. Mit der einen Hand fasste er nach einer weichen, hell schimmernden Brust, die er kaum fassen konnte, und mit der anderen nach einer dunklen Pobacke, die sich fest in seine Hand schmiegte. Er kam ihnen ein wenig entgegen und ließ dann die Kleine zwischendurch an den großen Brüsten der anderen nuckeln und lecken. Er sah den beiden zu, genoss seine Erektion und war mit seinen Gedanken doch nicht so ganz bei der Sache.

Es war schon eigenartig, wie sich alles entwickelte. Wie lange lag ihm der Amerikaner nun schon in den Ohren und wie wenig Gehör für dessen eigenartige Ideen hatte Akasi ihm geschenkt? Schenken können, all die Zeit. Obwohl es ein ganz neues Geschäftsfeld eröffnete. Und eines, mit dem gutes Geld zu verdienen war. Doch vieles hatte auch dagegengesprochen. Und dann trat dieser Onongo auf den Plan und alles wurde anders. So vieles wurde mit einem Mal möglich. Einfach nur, weil Onongo tat, was er tat.

Nur, weil dessen Bruder irgendwo in Europa getötet worden war.

Aus der nächtlich stillen, mit dunklen Bäumen einge-
säumten Straße bog der Wagen ab und tauchte in die Ab-
fahrt zur Tiefgarage ein. Obwohl Garden City einer der
modernsten Stadtteile Kairos war, sah man auch hier im
Licht der Scheinwerfer an allen Ecken die Zeichen der
Verwahrlosung. Inzwischen sah sie Paul Simon Berger.
Als er hier eingezogen war, da war es das Paradies auf
Erden gewesen. Nicht, dass es weniger dreckig wäre als
sonst wo, aber doch ein Paradies, verglichen mit der Absteige, in der er bis dahin gehaust hatte. Allerdings eine
Absteige nach amerikanischen Verhältnissen. Dass die
Bewohner Kairos oft in sehr viel schlechteren Verhält-
nissen leben mussten, das war ihm durchaus klar. Aber
ihm war auch klar gewesen, dass er mit einem Mal im
Monat das verdiente, wovon er früher als Jahresgehalt
nur geträumt hatte. Da war der Umzug in das Apparte-
ment in Garden City nur logisch. So wie der neue Range
Rover. Und andere Annehmlichkeiten.

Er parkte seinen Wagen und ging an dem schlafenden
Sicherheitsmann vorbei zum Lift.Scheißkanake, dachte
er nur, machte aber keine Anstalten, ihn zu wecken.
Genau genommen unterschied er in letzter Zeit überhaupt deutlicher zwischen den drei Rassen, welche seiner Überzeugung nach die Welt bevölkerten – Kanaken,
Bimbos und Idioten. Dabei sollte gerade er als Chirurg
wissen, dass gleich unter der Haut der Menschen alle
Unterschiede verschwanden.

Zwei Teams hatten sie jetzt, eines war im Einsatz draußen, eines machte eine Woche Pause. Dann arbeiteten
sie eine Woche zusammen. So dauerte jede Jagdkampa-

gne zwei Wochen. Zwei Wochen in Dreck und Blut und morgen musste er wieder hinaus.

Ein wenig überrascht stellte er fest, dass es ihn nicht mehr schauderte. Anfangs war das noch anders gewesen – da draußen, da herrschte der Dreck. Aber es war seine Idee gewesen, eine Notwendigkeit – und die sinnlose Vergeudung von wertvollen Ressourcen. Sein ehemaliger Doktorvater war es gewesen, der ihn auf die Idee gebracht hatte. Jetzt gehörte dem in Mexico City eine Privatklinik und ein Forschungslabor und ihr Kontakt war nie abgebrochen. Später war er diesem schmierigen Kanaken Scheich Akasi begegnet, von dem man munkelte, er sei einem guten Geschäft nie abgeneigt. Doch der hatte nur unverbindlich gelächelt und ihn warten lassen. Hatte ihn schmoren lassen in dem dreckigen kleinen US-Militärkrankenhaus, das seine Regierung hier für ihre Leute betrieb. Auch alles Idioten, da war er sich sicher.

Und dann hatte ihn der Scheich doch geholt, sie hatten sich zusammengesetzt und Pläne geschmiedet. Von diesem Tag an war alles anders geworden. Er hatte ein eigenes medizinisches Team bekommen; zugegeben, alles Kanaken und Bimbos, aber eigentlich durchaus brauchbar. Sie hatten die Erlaubnis bekommen, weit ins afrikanische Hinterland zu fahren, in das Gebiet, das dieser verrückte Bimbo Onongo kontrollierte, damit sie sich dort um die Verletzten des Bürgerkriegs kümmern konnten. Und um die Gefangenen. Auf ihre Art. Von den leichter Verwundeten entnahmen sie Proben aller Art und erhoben die Daten dazu. Von denen, die nicht mehr gerettet werden konnten, entnahmen sie Organe. Organe, auf welche die westliche Welt in Professor Tounzaguartes mexikanischer Klinik sehnlichst wartete. Natürlich erfuhren die Empfänger nicht, woher die Organe tatsächlich stammten. Sie erfuhren Geschichten von Unfallopfern und wollten es glauben. Und genau genommen waren es ja auch Unfallopfer. Allerdings keine weißen Unfallopfer. Doch das sah niemand einer Niere oder einer Lunge an. Die Transportlogistik war ein Problem gewesen, aber keines, das der Scheich mit seinen Verbindungen nicht hatte lösen können.

Der schwammige Amerikaner mit dem beachtlichen Bauchansatz schloss die Wohnungstür hinter sich, versperrte sie sorgsam und legte seine leichte Jacke ab.

Irgendwann waren dann Körper auf seinem Tisch gelegen, die keinerlei Verletzungen aufwiesen. Berger hatte nicht nachgefragt. Er sah die Pferche mit den Gefangenen jeden Tag, wenn er draußen war. Unverletzte Gefangene, von denen nicht alle in die Armee Onongos eintreten wollten. Berger hatte nicht gefragt, dazu war sein Anteil am Gewinn zu groß. Außerdem waren es ja fast nur Bimbos und ab und zu ein Kanake, was auf den Tisch kam. Also verschwendete er keinen Gedanken an sie. Ein Junge, der im Mittelwesten der Vereinigten Staaten aufgewachsen war, der dachte nur bis an die Grenze seines Feldes. Wenn überhaupt. Und schon gar nicht darüber hinaus. Das brachte nichts als Schwierigkeiten. Zugegeben, die Felder des Mittelwestens reichten bis zum Horizont. Und doch waren sie eng umgrenzt. Also hielt er sich daran, nur an das zu denken, was seine Sache war. Zumal er ja auch keine wirklichen Entscheidungen zu treffen hatte. Als der Professor einmal mitteilte, dass Eierstöcke gebraucht würden, hatte er das einfach dem Bimbo erzählt, der ihm zugeteilt worden war. Erst als er zurück in Kairo war, musste er aus den Medien erfahren, dass Onongos Armee eine Schule überfallen und dutzende Mädchen entführt hatte. Offiziell, um sie zum Islam zu konvertieren und weil in den Augen der Männer Bildung für Mädchen ohnehin Verschwendung war. Berger hatte gewusst, was aus den meisten geworden war. Er hatte sie auf seinem Tisch im OP-Zelt gefunden, ohne sich weiter Gedanken darüber zu machen.

Die letzten Kleidungsstücke ließ er im Bad fallen, drehte die Dusche auf und stellte sich darunter. Wenn er in Kairo war, dann besuchte er das Haus inzwischen so gut wie täglich und kam sich doch jedes Mal irgendwie beschmutzt vor. Obwohl die Mädchen ganz sicher gewaschen waren. Es war schwierig gewesen, an den Körpern der jungen Mädchen zu operieren. Nicht, weil er in der Entnahme weiblicher Organe ungeübt gewesen wäre. Er war einfach unkonzentriert. Auch, weil er sich draußen im Lager von niemandem seine Vorlieben anmerken lassen wollte. Er wusste dabei nur zu gut, was die anderen in den Lagern taten. Oft waren die Körper der Frauen verletzter als die der Männer. Aber sich dort draußen auf das Niveau der Bimbos herablassen? Nein, das konnte er nicht. Auch würde er so etwas wie heute dort draußen nicht bekommen.

Die alte Hexe hatte ihm versichert, das Mädchen wäre erst neun. Bei Allah und allen ihren Göttern hatte sie geschworen. Berger war sich sicher, dass sie schon elf war. Er hatte schon streiten wollen, aber er war dann zu faul dazu gewesen. Und gut war es gewesen. Als sie angefangen hatte zu schreien und es wagte, sich zu wehren, da ahnte er schon, dass sie sein Geld wert war. Das Weinen und Flehen und Jammern in einer Sprache, die er nicht verstand, trieb ihn zur Extase. Das gellend hohe Kreischen, als er es endlich mal schaffte, in sie einzudringen, das brachte ihn augenblicklich zur Ejakulation. Und kaum war er heraußen aus ihr, krümmte sie sich zusammen und wimmerte nur noch leise. Sie machte sogar den hilflosen Versuch, von ihm wegzukriechen! Und er hatte ihr grinsend zugesehen. Wie ein Gott, allmächtig und schrecklich und gnadenlos fühlte er sich! Aus dem Gazastreifen stammte sie, so hatte die Alte gesagt. Ihre Familie habe sie verkauft, damit sie dort nicht verhungere. Oh, sie entkam ihm nicht, und er würde sie gut füttern! Aufgepeitscht von dem Erlebnis der vollkommenen Macht hatte er ihren Kopf an den Haaren herumgerissen und auf ihr verkniffenes, verängstigtes Gesicht onaniert. Sie hatte sich übergeben! Tatsächlich, sie hatte sich übergeben, als die wenigen warmen schleimigen Tropfen auf sie fielen. Sie konnte wirklich noch nie benutzt worden sein! Die Freude, etwas zu zerbrechen, was noch so völlig unberührt war, hatte ihn durchrieselt wie ein elektrischer Strom und ihm weitere Erregung geschenkt. Doch sosehr er sie auch festhielt und auf sie einprügelte, er hatte es nicht geschafft, nochmals in sie einzudringen. Zu klein, zu trocken war sie gewesen. Vielleicht war auch seine Erektion nicht mehr ganz so hart gewesen, wie er es sich gewünscht hatte. Aber endlich, endlich zwischen ihren verkrampften Pobacken zu kommen, war auch ein tolles Erlebnis. Das zuckende, zerbrochene Stückchen Mensch gnadenlos gegen den Bauch gepresst.

Berger fühlte das Wasser auf sein Gesicht prasseln und neue Wellen der Erregung in seinen Lenden. Und trotzdem wurde er das Gefühl nicht los, an seinem Glied würde noch Blut kleben. Immer noch. Er wusste, dass er sauber war, und seifte sich doch noch einmal ein. Scheißkanaken, dachte er dabei. Man wurde unweigerlich schmutzig, wenn man sich mit ihnen einließ. Einmal, ja einmal würde er das mit einem weißen Mädchen machen. Koste es, was es wolle.

Vielleicht in Mexiko. Der Professor wollte ihn ja dort haben. Viel würde sich für ihn dadurch eigentlich nicht ändern. Mexikanische Kanaken statt ägyptischen halt. Aber keine Bimbos mehr. Dafür würden sicherlich auch die Prämien aus den Jagdkampagnen wegfallen. Und er brauchte das Geld. Denn er konnte sich nicht vorstellen, dass es in Mexiko billiger war, minderjährige Mädchen zu bekommen, als in Ägypten. Obwohl, größere Probleme waren hier wie dort nicht zu erwarten. Was Ägypten mit dem permanenten Nahostkonflikt hatte, das hatte Mexiko mit dem permanenten Flüchtlingsstrom in die USA – ein scheinbar unerschöpfliches Angebot an verzweifelten Menschen, die niemand vermisste. Die Wahrscheinlichkeit, ein weißes Mädchen angeboten zu bekommen, war in Mexiko allerdings höher als in Ägypten. Trotzdem, die Prämien hier würden ihm fehlen. Und außerdem – hier war er der Chef. In Mexiko wäre er nur einer von vielen Ärzten und niemand würde um seine außerordentliche Rolle in der Geschichte der Transplantationsmedizin wissen! Nein, so schnell würde er aus Afrika nicht weggehen. So vieles sich auch verändert hatte, für die Welt und rund um ihn, im Augenblick fand er sein Leben ganz in Ordnung. Eigentlich schon verblüffend, wenn man bedachte, dass sich seine Gedanken über die Jahre hinweg nur darum gedreht hatten, wie er wieder in die Staaten zurückkam. Wie schnell sich manche Dinge ändern konnten.

Weil der Scheich endlich Vernunft angenommen hatte und weil seine Ideen endlich in die Tat umgesetzt wurden.

Manuel sah auf zu der alten Uhr neben der Tür in dem winzigen Zimmer und seufzte. Schon wieder so spät, das gab Ärger. Schon wieder. Maria war eine wunderbare Frau, aber sie wollte einfach nicht verstehen, dass seine Arbeit erledigt werden musste. Und dass davon ihre Zukunft abhing. Der Händler mit den Abflussrohren hatte sicherlich auch schon geschlossen, wenn er später vorbeikam. Was bedeutete, er konnte am Sonntag den Abfluss wieder nicht reparieren. Das würde nicht nur Maria nicht gefallen. Auch seine Mutter würde schimpfen. Wobei, seine Mutter schimpfte immer mit ihm. Schon aus Prinzip. Nichts konnte er ihr recht machen. Sein Bruder, ja, der war bei der Polizei. Eine schmucke Uniform hatte er und ein riesiges deutsches Sturmgewehr, das er überallhin mitschleppte. In seinen Augen war sein Bruder ebenso korrupt wie alle anderen Polizisten, die er kannte. Jeder wusste, dass sie der verlängerte Arm der Drogenkartelle waren und selbstherrliche Arschlöcher. Aber ihre Mutter vergötterte ihn. Andererseits brachte es auch Vorteile, einen Polizisten in der Familie zu haben. Manuel war sich irgendwo darüber klar, dass der Professor ihm den verantwortungsvollen Verwaltungsjob nur deshalb gegeben hatte, weil sein Bruder Polizist hier in Acapulco war. Und oft genug hatte sich das ja schon als nützlich erwiesen. Nicht dass sein Bruder für ihn billiger wegsehen würde. Oh nein! Zu viele Hände mussten geschmiert werden, damit sich niemand für die Privatjets aus Afrika und deren Fracht interessierte. Manchmal musste eine Lieferung auch weiter in die USA oder nach Europa gehen. Dann musste die Kühlbox hierherkommen, damit das Organ umgepackt werden konnte. Und sein Bruder organisierte den schnellen und reibungslosen Transport quer durch die verwinkelte Stadt in das kleine Lagerhaus. Denn auch ein Rettungswagen war nicht gefeit vor einer mutwilligen Polizeikontrolle. In die Berge nördlich der Stadt, wo die Klinik lag, dorthin kam auch Manuel nie.

Er verfasste nur bei all diesen Lieferungen einen sorgfältigen Bericht über den angeblichen Spender und die sterbenden Menschen in den gepflegten Kliniken, denen so geholfen werden konnte; die waren dankbar und fragten nicht weiter nach. Nur selten kam es vor, dass sich die Empfänger der Organe später ernsthaft über die Spender und deren Familien erkundigten. Doch das waren zumeist Menschen mit einem neuen Herzen, und die sollten ja auch nicht so viel reisen oder gar anstrengende Fahrten ins mexikanische Hinterland unternehmen. Auch sah Manuel darauf, dass seine zumeist frei erfundenen Unfallopfer keine oder kaum Verwandtschaft hatten. Dabei waren die Organe eigentlich gar nicht Manuels tatsächlicher Aufgabenbereich. Die Genforschung des Professors war dessen Ein und Alles und hätte Manuels ganzer Aufmerksamkeit bedurft. Aber weil sie zu wenige waren und weil das Geschäft mit den Organen keinen Aufschub duldete und weil er seinen Bruder in der Hand hatte und weil gerade dieses Geschäft das Geld für die Forschung brachte und weil Ach, es gab tausend Gründe, warum seine Zeit immer mehr in Anspruch genommen wurde. Maria wollte Kinder und dazu war ihr Haus zu klein. Seine Mutter jammerte beständig, wie entbehrungsreich ihr Leben bei ihnen sei und dass sein Bruder es zu was gebracht habe und viel besser für sie sorgen würde. Der Professor erwartete, dass die Lieferungen reibungslos über die Bühne gingen, wollte in seiner Herrlichkeit damit aber nicht belästigt werden. Er hatte mit der Klinik und seinen wohlhabenden Patienten auch genug um die Ohren. Manuels eigentliche Aufgabe, die Auswertung der Daten aus der Forschung und den Krankenberichten, die blieb dabei irgendwo auf der Strecke. Natürlich kümmerte er sich darum, so gut es nur irgend ging. Schließlich war er sich klar, dass er dafür sein Gehalt bezog. Und er war durchaus ein pflichtbewusster und sorgsamer Mensch. Aber schleichend war die Verantwortung für die Organe ebenfalls zu ihm gewandert. Und auch für ihn hatte der Tag nur 24 Stunden. Darum war er schon vor einiger Zeit dazu übergegangen, Teile seiner Tätigkeit an andere zu delegieren. Und der Professor hatte ihm Hilfskräfte bewilligt. Aber natürlich entband ihn das nicht der Sorgfalt, die einen gewichtigen Teil seiner Persönlichkeit ausmachte. Auch ein Grund, warum er diesen Job bekommen hatte. Beinahe jeden Handgriff kontrollierte er nach, und das machte ihn nicht sonderlich beliebt. Aber es war sein Job und er würde den Kopf dafür hinhalten müssen, wenn etwas nicht in Ordnung war. Dazwischen gab es durchaus Augenblicke, in denen er sich überlegte, ob es nicht sogar mehr Arbeit machte, die Tätigkeiten zu delegieren und dann zu kontrollieren. Manchmal, da hatte er den Eindruck, es ginge schneller und einfacher, wenn er gleich alles selbst machen würde.

Aber das ging nicht. Ging nicht mehr. Vor allem, seit der Professor auf die Idee gekommen war, aus den afrikanischen Eierstöcken selbst Stammzellen zu gewinnen, war der Strom der Daten sprunghaft gestiegen. Um ein Vielfaches. Daten, die gefiltert, analysiert und in eine lesbare Form gebracht werden mussten.

Er überlegte noch, ob er nicht seinen Bruder anrufen sollte. Der konnte den Händler zwingen, so lange offen zu bleiben, bis er vorbeikam. Sein Bruder würde es lieben, den großen Mann zu spielen, wenn es schon unter seiner Würde war, die Abflussrohre einfach selbst zu besorgen. Während er überlegte, brüteten einige Aushilfskräfte über schier endlosen Zahlenreihen. Ohne wirklich zu wissen, was und warum sie es taten. Und während er überlegte, verschickte er dieses Mail, dessen Inhalt er mindestens zwei Mal versucht hatte zu kontrollieren. Weil es doch ein ordentliches Paket an Daten war und weil der Empfänger als Mann galt, dem selbst der Professor Unfreundlichkeit und Präpotenz nachsagte.

Das Datenkonvolut war enorm und Manuel hatte es – zur Kontrolle – ein zweites Mal durchgesehen. Ja, in dutzenden von Proben in dieser Serie war das Ergebnis positiv gewesen. Was immer das bedeuten mochte, Manuel hatte keine Ahnung. Auch nicht davon, dass tausende von Versuchen in anderen Serien negativ waren, was niemand irgendwo erwähnte, weil es niemand für wichtig genug gehalten hatte. Ebenso wenig wurde die Tatsache erwähnt, dass alle Proben aus kultivierten Stammzellen von afrikanischen Frauen einer kleinen Region erstellt wurden. Der Virologe in Spanien und der Professor in Mexiko machten aus ihrer Zusammenarbeit ein grandioses Staatsgeheimnis, so wie aus dem Ziel ihrer Forschung. Und wie niemand auch nur ahnen durfte, woher die Organe stammten. Nun, Manuel war das eine so vollkommen egal wie das andere, wie die Ergebnisse der Proben. Ihn interessierte sehr viel mehr, warum seine Mutter nicht endlich zu seinem Bruder zog, wenn es ihr dort doch angeblich so viel besser ginge. Maria wollte seit Tagen nicht mehr mit ihm schlafen, weil sie Angst davor hatte, schwanger zu werden. Und Kinder wollten sie sich noch nicht leisten. Ein Jahr noch, vielleicht zwei, dann hatte er genug Geld zusammen, um die Sache mit dem neuen Haus anzugehen. Eines hatte er schon gesehen, ziemlich weit draußen. Es war groß genug für einen ganzen Pack Kinder und die finanziellen Forderungen waren durchaus tragbar. Wenn es bei dem blieb, was er jetzt verdiente! Die Organe waren eine Heidenarbeit, aber sie brachten gutes Geld. Für den Professor, aber auch für ihn. Was ihm noch vor Monaten unerreichbar erschienen war, das war jetzt in greifbare Nähe gerückt. Weil sie mit einem Mal auf einer schier unerschöpflichen Quelle von Organen saßen, die lieferte, was immer benötigt wurde, ohne dass jemand Fragen stellen konnte. Und wirklich gute Qualität, wie er den Professor oft genug beteuern gehört hatte.

Ja, auch Manuels Leben hatte sich dadurch gehörig geändert.

Seit zwei Uhr war er unterwegs. Über sechs Stunden war er jetzt gefahren. Immer nur mit kurzen Pausen dazwischen. Aber die Fahrt und die durchgearbeiteten Nächte davor forderten ihren Tribut. Ethan P. Scott verriegelte die Türen seines Wagens von innen, lehnte sich in den Sitz zurück und schloss die Augen. Es konnte nicht schaden, wenn er ein wenig ausruhte. Und er hatte noch Zeit genug, bis seine Maschine abhob. Der letzte Schritt zur Erfüllung seiner Träume.

Sein Wagen stand ganz hinten in dem Parkhaus für Langzeitparker. Eine kleine Pause noch, ein letztes Verweilen in wohltuender Einsamkeit, dann wollte er von so vielen Menschen wie nur möglich umgeben sein. Die Lider über seinen geschlossenen Augen zuckten und die Augen brannten. Er war schwer übermüdet und es war ihm klar, dass er in seinem Zustand auf dem Flughafen auffallen konnte. Aber was sollten sie schon finden? Auf der langen Fahrt hatte er sich einen Flugplan ausgeknobelt und spielte ihn noch einmal durch. Es war jammerschade, dass er nicht in die USA fliegen konnte. Zu langwierig wären die Vorbereitungen gewesen und zu unsicher. Er grinste und atmete tief durch. Zu langwierig? Wie lange arbeitete er jetzt an seinem Traum? Sein ganzes Leben lang! Was machten da ein paar Tage, vielleicht Wochen aus? Alles konnten sie ausmachen! Wenn seine Abnehmer dahinterkamen, dass sein kleines Labor in den letzten Wochen keine Drogen mehr produziert, sondern nur seiner privaten Forschung gedient hatte, würden sie ziemlich ungehalten werden. Ein Grund mehr, den Flughafen am anderen Ende

Spaniens auszuwählen. Barcelona war keiner der wirklich großen Flughäfen, hatte aber viele Touristen und viele Anschlüsse. Es hatte schon Aufregung gegeben, weil er nicht mehr lieferte. Vielleicht hatte auch schon die Polizei von dem privaten Labor Wind bekommen und suchte ihn. Düsseldorf, seine nächste Station, war deshalb vielleicht nicht ganz ungefährlich. Aber notwendig. Dann standen Frankfurt, Paris, Amsterdam, Dubai, Bangkok, Singapur und Sidney auf seiner Liste. Doch ihn interessierten weder die Städte noch die Menschen dort. Diese Flughäfen waren die Drehkreuze der Welt, und dort gedachte er anzusetzen, um eben diese Welt aus den Angeln zu heben.

Seit seinem neunten Lebensjahr war er besessen von diesem Gedanken an eine saubere Welt. Seit jenem Nachmittag in diesem leeren Zug durch die Vororte Belfasts, als dieser stinkende alte Mann an ihm herumgefummelt und ihn gezwungen hatte, dieses abscheuliche Stück Fleisch anzufassen. Ihn beschmutzt hatte mit diesem klebrigen Mal, das auf seiner Seele brannte.

Ethan war gläubiger Katholik und hatte seinem Pfarrer gebeichtet. Dieser hatte ihn daraufhin lang und ausführlich über die Gefahren und die Unnatürlichkeit jener schrecklichen Krankheit aufgeklärt, von der Ethan damals zum ersten Mal erfuhr. Doch er hatte gelernt, dass es keine Krankheit war, die einfach durch Schmutz oder Bakterien übertragen werden konnte und somit eine Prüfung Gottes darstellte. Nein! Homosexualität war eine Krankheit, geboren aus dem freien Willen der Menschen und somit eine einzige Beleidigung des gütigen Gottes, und machte ihn unsäglich traurig. Davon war Ethan felsenfest überzeugt. Und von diesem Tag an hatte er an jeder Ecke den Schmutz gesehen. Und besessen gegen diesen Schmutz gekämpft! Mitschüler hatte er angeschwärzt, weil sie aneinander herumgespielt hatten. Einen besoffenen alten Mann hatte er einmal getreten, weil dieser mit offener Hose auf der Straße gelegen hatte. Aber immer war ihm klar gewesen, dass er zu Höherem geboren war. Der gütige Vater hatte ihn auserwählt, diese Unnatürlichkeit ein für alle Mal vom Antlitz der Erde zu vertilgen. Es war darum Gottes Fügung gewesen, die ihn jenen mexikanischen Professor an der Uni hatte treffen lassen, der sich später als Leiter einer vornehmen Klinik für Transplantationen einen Namen machen sollte und der seinen Ekel vor der Homosexualität teilte. Von ihm lernte er, dass man Viren gestalten konnte. Wie einen Pfeil, der sicher ins gewünschte Ziel traf. Ein Pockenvirus so zu verändern, dass es einige Wochen lang unauffällig in seinem Wirt verbrachte, sich über die Atemluft verbreitete und dann doch tödlich war, das war das Kleinste der Probleme. Das wahre Problem war es, das Ziel zu finden. Mit dem Professor hatte er das Ziel gesucht. Jenen Punkt, an dem er den Hebel ansetzen konnte, um die Welt im wahrsten Sinne des Wortes aus den Angeln zu heben und zu einer besseren zu machen. Jahre, Jahrzehnte der Suche. Dann hatte er die letzten Daten aus Mexiko erhalten und diese waren mehr als eindeutig. Dutzende Proben hatten die Lage des Genoms bestätigt und damit bewiesen, dass Homosexualität ein Gendefekt war. Nun konnte Ethan darangehen, die zweite Phase seiner Arbeit zu beenden. Und er war gut. Das Virus würde seine tödliche Wirkung nur bei jenen Menschen entfalten, die Träger dieses Genoms waren. Tagelang hatte er mit sich gerungen, denn schließlich hatte der Mensch von Gott den freien Willen bekommen. Er aber würde alle treffen, die dieses Gen besaßen. Egal, ob sie sich für die Homosexualität entschieden hatten oder für die göttliche Ordnung. Aber sein Wunsch nach einer sauberen, einer normalen Welt war zu stark, zu bestimmend und hatte alle Bedenken verdrängt. Ihm war klar, dass sie ihn jagen würden und dass er vielleicht nicht lange genug leben würde, um das wahre Ausmaß seiner Arbeit zu erkennen, ob sein Kreuzzug letztendlich Millionen Menschen das Leben gekostet hatte oder vielleicht mehr. Doch das war egal, Gott wollte es!

Schwierig war auch die Herstellung des Aerosols gewesen. Schließlich sollten sich die Viren in den Flugzeugen schnell verbreiten. Und sie sollten sich danach auch noch von Mensch zu Mensch verbreiten können. Das hatte sie wiederum anfällig gemacht. Zu hohe oder zu tiefe Temperaturen konnten sie vernichten. Das Aerosol musste schnell von vielen Menschen eingeatmet werden, die sich infizierten und es dann weitergeben konnten. An der Luft würde es ohne Wirt nach wenigen Stunden absterben. Darum würde er selbst dafür sorgen, dass es verbreitet wurde. Eigentlich sollte es schon reichen, einen einzigen Flugpassagier zu infizieren. Doch Ethan war ungeduldig. Das Werk musste vollendet werden! Darum hatte er auch nicht weiter an der Langlebigkeit des

Virus gearbeitet. Darum hatte er auch nicht weiter auf die Kontrolldaten aus Mexiko gewartet und hatte deswegen keine Ahnung, ob sein Virus nur eine Gruppe von Menschen angriff oder vielleicht sogar alle. Oh, es hätte ihn schon interessiert, doch der allwissende Herr lenkte die Geschicke der Menschen. Ethan war erzogen worden, sein Vertrauen auf eine höhere Macht über seine eigenen Überlegungen zu stellen. Und er vertraute blind darauf, dass sein Gott schützend seine Hand über ihn halten würde auf diesem Kreuzzug. Und Gott würde schützend wachen über alle Menschen, die rein im Herzen dem wahren Glauben folgten. Seine Hand tastete nach dem Beifahrersitz und dem kleinen Flugkoffer. Ein kleines schwarzes Bordcase mit Rollen und einem ausziehbaren Metallgestänge. In dem Metallgestänge waren die Glasröhrchen mit den Viren verborgen. Acht Phiolen Gas für acht Flüge. Unsichtbar, und doch konnte er mit einem Handgriff das Gestänge öffnen und die Phiolen hinausfallen lassen. Dann musste er nur noch den kleinen Pfropf öffnen und das Werk des Herrn war getan.

Er hatte sich gar nicht bewegt! Erschrocken fuhr Ethan zusammen und erkannte, dass er eingeschlafen war. Zu viel Zeit war vergangen und er musste sich beeilen, um seinen Ferienflieger nach Düsseldorf zu bekommen. Hastig sprang er aus dem Wagen, packte den Handkoffer. Einen kleinen Moment überlegte er, dann ließ er den Zündschlüssel neben dem Wagen auf den Boden fallen und schloss die Tür. Ein dummer Fehler, wie er einem hastigen Reisenden schon mal unterlaufen konnte. Spätestens übermorgen würde der Wagen und damit jede Spur von ihm verschwunden sein. Auf die Schlechtigkeit der Menschen konnte man vertrauen. Ihn konnte nichts mehr aufhalten. Gott wollte es!

Andreas ging es mies.

Er konnte sich nicht daran erinnern, dass es ihm jemals so mies gegangen war. Schon als er die Krankschreibung des Arztes zerrissen hatte, war ihm klar gewesen, dass das keine gute Idee war. Er würde dafür büßen müssen. Aber sie hatten ihm oft genug gesagt, dass er seinen Job verlieren würde, wenn er nicht verlässlich war. Wenn er nicht verlässlicher wurde.

Also hatte er seine Medikamente genommen und war zum Flughafen gefahren.

Verrückt. Absolut verrückt. Er musste sich schon darauf konzentrieren zu atmen. Ein, aus, ein, aus. Alles andere rundherum nahm er nur durch einen dichten Schleier war.

Den Abflug in Barcelona hatte der Pilot gemacht, er wäre dazu nicht fähig gewesen. Die wenigen Handgriffe während des Starts hatten ihn schon überfordert.

Ein, aus, ein, aus. Weiteratmen!

Irgendwann war der Pilot auf die Toilette gegangen. Hatte was vom Landeanflug in Düsseldorf gesagt.

Diese verdammten Medikamente. Vielleicht hatte er zu viel davon genommen. Noch ein Krankenstand und sie hätten ihn gekündigt. Sicher! Dabei war Fliegen das Einzige, was ihn wirklich interessierte. Ohne zu fliegen hatte sein Leben keinen Sinn. Er hatte schon daran gedacht, den Job hinzuschmeißen und sich das Leben zu nehmen. Mehr als ein Mal.

Vielleicht war die Welt besser, wenn er einfach verschwand.

Ein, aus, ein, aus. Atmen!

Die blinkenden Lichter riefen ihm zu, dass etwas nicht in Ordnung war.

Sinkflug, sagte der Autopilot.

Andreas war sich sicher, dass es viel zu früh für einen Sinkflug war. Irgendetwas mit der Elektronik lief schon wieder falsch. Nicht schon wieder! Nicht jetzt! Er musste umschalten. Nur was?

Wenn er sich nur konzentrieren könnte!

Zu dem nervigen Gepiepse kam nun Klopfen an der Kabinentür.

Geschwindigkeit erhöhen, Autopilot ausschalten, Kabinentür öffnen.

So viel auf einmal. Zu viel.

An den Medikamenten zerschellte jeder Versuch der Konzentration.

Augen zu, Augen auf.

Atmen! Ein, aus, ein, aus.

Hämmern an der Tür.

Warnlichter.

Geschwindigkeit erhöhen und

Atmen! Ein, aus, ein, aus. Atmen nicht vergessen.

Noch etwas. Da war doch noch etwas!

Ach ja, der Autopilot.

Hämmern an der Tür und dumpfe Schreie.

Er musste ihn – ein, aus – abschalten – ein, aus.

Zu … viele … Medikamente.

Endlich schaffte er es, die Hand zu heben.

Der Autopilot.

Ausschalten.

Andreas war wohl der Einzige an Bord des Fluges der Germanwings von Barcelona nach Düsseldorf, der nicht bemerkte, wie eine Tragfläche an den schroffen Felsen entlangschrammte, das Flugzeug sich drehte, um dann mit voller Wucht gegen den Berg zu knallen.

Nur wenige Sekunden dauerte es, um ein riesiges Flugzeug und 150 Leben auszulöschen. Und ein Virus, das das Ende der Menschheit bedeutet hätte.

Nur wenige Sekunden, etwa so lange, wie es dauert, wenn ein Fahrrad umfällt.

Andreas verband nichts mit Ethan, mit Onongo, Mike oder Chou-Che.

Und noch Jahre nach dem Unglück würden viele mehr oder weniger kluge Menschen zu ergründen versuchen, was den jungen Copiloten dazu getrieben hatte, mit einer vollbesetzten Maschine gegen einen Berg zu fliegen. Viele Antworten würden gegeben werden und wenige davon konnten die Menschen wirklich verstehen. Wäre einer von ihnen in der Lage gewesen, die unsichtbaren Fäden in dem fein gewebten Muster des Lebens zu entwirren, so wäre vielleicht ein Faden aufgefallen, der von Andreas zurückführte, Jahre zurück, Jahrzehnte, zu einem Sack Reis, der in Indien umgefallen war.

Aber das ist eine ganz andere Geschichte.

Die Sonne war schon untergegangen und schnell wurde es düster in den belebten Straßen der chinesischen Provinzstadt. Neben der Treppe seines Hauses saß Hun Jun, den Rücken an die noch warme Mauer gelehnt, und starrte auf das schier unentwirrbare Gebilde aus Blech und Draht und Kabeln, das die Abenddämmerung aus der Masse der abgestellten Fahrräder wachsen ließ. So vieles hatte sich verändert. Seinen Job in der Fabrik hatte er verloren. Und Chou-Che wollte nichts mehr mit ihm zu tun haben. Auch wenn er sich immer noch daran klammerte, dass es nicht ihre eigene Entscheidung gewesen sein konnte. Dass ihr Vater sich endlich durchgesetzt hatte – Chou-Che war eine gehorsame Tochter. Für ihn war sie verloren. Wenn er ehrlich war, dann war sie für ihn schon verloren gewesen, als sie nach Europa gegangen war.

Verloren – verloren – verloren …

Es hallte in seinem Kopf, wieder und wieder, und bestimmte sein Leben.

Wie konnte es das Leben eines einzelnen Menschen so verändern, nur weil er ein wenig zu spät gekommen war? Nur, weil sein Fahrrad umgefallen war?

Die Kinder erzählten, dass ein Mann am Morgen gegen die Reihe der Fahrräder gelaufen war und sie umgeworfen hatte.

Warum war er gelaufen?

Warum hatten die beiden Männer ihn verfolgt?

Fragen, auf die Hun Ju niemals eine Antwort bekommen würde.

Es war ihm auch egal.

Es war sein Fahrrad gewesen.
Das Fahrrad, dass irgendwo in China umgefallen war.